纸上游天下·中国当代游记精选
主编:高长梅 张 佶

BU YI YANG DE LU

不一样的路

陈冬雷 著

九州出版社 JIUZHOUPRESS 全国百佳图书出版单位

图书在版编目（CIP）数据

不一样的路 / 陈冬雷著. -- 北京：九州出版社，
2013.9（2021.7重印）

（纸上游天下：中国当代游记精选 / 高长梅，张侚主编）

ISBN 978-7-5108-2349-7

Ⅰ.①不… Ⅱ.①陈… Ⅲ.①游记 – 作品集 – 中国 –
当代 Ⅳ.①I267.4

中国版本图书馆CIP数据核字（2013）第227771号

不一样的路

作 者	陈冬雷 著	
出版发行	九州出版社	
地 址	北京市西城区阜外大街甲35号（100037）	
发行电话	（010）68992190/3/5/6	
网 址	www.jiuzhoupress.com	
电子信箱	jiuzhou@jiuzhoupress.com	
印 刷	北京一鑫印务有限责任公司	
开 本	710毫米×1000毫米 16开	
印 张	8.5	
字 数	115千字	
版 次	2014年1月第1版	
印 次	2021年7月第6次印刷	
书 号	ISBN 978-7-5108-2349-7	
定 价	36.00元	

前言

　　仁者乐山,智者乐水。所以古今中外,无论贤人圣哲,还是白丁草民,他们在观山赏水的时候,无不从山水之中或感悟人世人生,或慨叹世事世情,或评点宇宙洪荒,于寄情山水中,抒发自己的惬意或伤感。有的徜徉于山水美景,陶醉痴迷,完全融入大自然忘记了自己;有的驻足于山川佳胜,由物及人,感叹人世间的美好或艰难。

　　一篇好的游记,不仅仅是作者对他所观的大自然的描述,那一座山,那一条河,那一棵树,那一轮月,那一潭水,那静如处子的昆虫或疾飞的小鸟,那闪电,那雷鸣,那狂风,那细雨等,无不打上作者情感或人生的烙印。或以物喜,或以物悲,见物思人,由景及人,他们都向我们传递了他们自己的思想情感。

　　一篇好的游记,它就是一帧精巧别致的山水小品,就是一幅流光溢彩的山水国画,就是一部气势恢宏的山水电影。作者笔下关于山水的一道道光，一块块色，一种种造型，一种种声音，无论美轮美奂，还是质朴稚拙，无论清新美妙，还是苍凉雄健，都让我们与作品产生强烈的共鸣，让我们在阅读中与自然亲密接触，于倾听自然中激起我们的思想波涛，与作者笔下的自然也融为一体。

这是一套重点为中小学生编选的游记，似乎也是我国第一套为中小学生编选的较大规模的游记丛书。我们希望这套游记能弥补中小学生较少有时间和机会亲近大自然的缺憾，通过阅读这套游记，满足自己畅游中国和世界人文或自然美景的愿望。

目录

CONTENTS

莫斯科没有眼泪

辉煌不会在沧泽里沉陷

第三辑　**美女泛滥的城市**

第四辑　**吸血鬼没有走远**

目录 CONTENTS

目录
CONTENTS

∨∨∨

第一辑

莫斯科没有眼泪

一波三折

舷窗外的风声亲吻得耳膜含羞闭合，太阳得意地站在西天云山的肩头，温暖的天光铺满机舱。这是六月一天的下午三点二十分，我们乘坐国航 CA1348 航班从汕头飞北京。云层很厚，座位不靠舷窗，外面的景物是收不尽眼底的。偶尔的气流颠晃，挑逗得心神虚悬着慌。随身带的书静卧相机包内，没有取出翻阅的欲望。机上的报纸是上午在办公室翻看过的，两本航空杂志里充斥五花八门的广告，提不起阅读兴致。闭目养神吧，心却向往窥见窗外的白云蓝天。

去莫斯科从北京走是我的主意。

许多广东人到欧洲去喜欢从香港中转，尤其是去西欧，铁定走香港。有人说这样的选择天经地义毋庸置疑，毕竟广东到香港距离近，方便快捷，更主要的还在于他们觉得境外航空公司的服务质量至少略高一筹，个别时候高得犹如天上地下悬殊，这种感觉有实际的客观事实，当然与不知不觉中积存的习惯化作了心理暗示不无关系，还有一些若隐若现不便理清的东西偶尔起着主导作用，仿佛出境乘坐别人的航班提高了自家的身份似的，脸面上都莫明其妙地绽放出自豪优越来。于是，从香港中转成了习以为常或理所当然，大脑再作其他思考和选择被视为可笑，笑你不是没经验就是迂腐，甚而归因于没事找事了。进一步，可能成为取笑的对象，断定你肯定是第一次出远门，一只雏鸟儿。

我却觉得他们迂腐,脑袋一根筋,思维一条线,大脑不运作,岂不成了死脑筋,怨不得身为改革开放前沿的人却没了敢为人先的创新思维,大多只满足于按部就班得过且过、安于现状了。我问旅行社,国内其他城市有没有飞往莫斯科的航班,答曰要查一查才知道。你瞧,旅行社之前竟然没关注其他国内城市飞往莫斯科的信息。但听我这么问询,有人便说,不必打听,还是从香港中转快捷而且划算。我说不见得,不打听也可猜出北京必有飞往莫斯科的班机,如从北京中转,肯定比从香港飞德国法兰克福再转莫斯科要方便而且缩短大幅距离。果不其然,马上获取信息,不仅有航班,而且飞行时间少了三个小时,更重要的是价格也比从香港走低了很多,可谓一举多得。

天色渐渐暗下来,飞机开始向低空滑行。透过云层,偶尔可以看到地面上零散的灯光。舱内广播在提醒乘客系好安全带收好小桌板。飞机正顺利降往首都国际机场。期待与等待,心里充盈忐忑的踏实。可是,猛然感觉飞机由前低后高的下降姿势转向平稳,继而变成前高后低的爬升。一会儿,机身开始倾斜,安稳地拐了个弯。机上广播适时提醒,由于北京上空雷电交加,飞机无法着陆,改飞济南机场降落。机舱里一阵骚动,议论声起,但情绪平缓。

安全最好。然而人是矛盾的情绪化的动物。一旦安全了,情绪又开始躁动了,目的不达,如何让人安稳得住。落地济南后,先是在机舱内等待,好像随时都可以再滑向跑道起飞。未几,舱门打开,要求乘客携随身行李下飞机,在转机候机室等待。各种消息接二连三,心急的时不时去询问一声,仍无结果。改降济南的飞机一架架落地,不大的候机区渐渐显得拥挤不堪。急是没有用的。一次次的询问,一次次没有消息。电话联系北京的熟人,说断断续续的仍然是雷电大雨交加。时过午夜,开始有别的航空公司的耽误班机登机起飞,恰恰没有我们这班飞机的消息。玩扑克的已收起来,心便急了,一旦见别人登机,更是怨声盈耳,惹得大家都不舒

坦。终于,只余两拨人的时候,我们得到了登机的通知。

午夜时正是睡意最浓时,机舱里倦容销魂,话也少了,许多人坐下即扣上安全带闭目养神,酝酿着情绪准备进入梦乡。可是,好长时间,飞机仍不动窝。乘务员及其他机组人员来回穿梭,偶尔从后舱传出几句呛声,把半入梦境的人惊得慌心乱神。问乘务员,得知一名乘客的情绪有点激动,催促赶紧起飞,并威胁说,再耽误下去,惹起我的心脏病发作,你们是承担不起责任的。此语一出,把机组人员吓住了,商量后不敢怠慢,急忙通知地面人员,找来安全员和医务人员登机检查问诊,确定没有危险后再起飞。得知详情,众多乘客询问那位出言不慎者,得知他只是着急才说出狠话,身体并没有异样,完全可以安抵北京。这般一来,乘客的矛头又指向机组人员,纷纷言说他们反应过急,小事故意放大,无事也生出大事了。但机组人员不敢擅断,面色一直紧张,郑重其事非得等地面人员登机检查后再说。哎呀,这样更激怒了众乘客,纷纷起身指责他们,甚至骂出难听的话来。机组人员见状,再次询问那位言病者,得到没有任何问题的承诺

后,又让几位临近的乘客签名作保,才平息了躁动不安的众怒。

深晨两点多,耽误了八个多小时后,安抵北京首都机场。

城市的每条街道都畅通无阻,瞌睡虫雀跃欢呼,整个世界都在休息,唯余我们这批疲顿的赶路人。一夜的梦,沉重得一无所有。疲劳,带来的深度睡眠,却是极其幸福。

一觉醒来,满耳市声,拥挤的街市炫耀着空前绝后的繁华,我们混在滚滚不息的车流里再奔机场,急着赶下午一点四十五分的国航班机飞莫斯科。

首都机场的三号航站楼宏阔堂皇,国航的国际航班选定这座崭新巍峨的建筑作为候机楼,极度彰显了大国的气势和新兴的豪迈,尤其国际航班的乘客多为外国人,更为震撼。这种震撼一直延续到机舱里。未等坐定我已发现,老外们的座位大多靠舷窗,不仅宽敞些(仅两个座位紧挨),视野更好,而我们皆被安排在中间的座位(到了后舱,并排六个座位紧挨,拥挤非凡)。我不知道这是巧合还是有意的安排,中国人好客以礼待客的善意在国际场合表现得淋漓尽致。

略往前追忆,刚才出关检验证照时,我就颇为耽搁。护照递过去,不大耐看的男关员反复转动警惕的黑眼珠,一会儿照片,一会儿真人,却如何也决断不了似的,迟迟不给办手续。俄而,过来一名英姿尚存的中年女关员,两个人交头接耳几句,疑惑我的护照看上去有些旧,一一验证我的信息,我当然对答如流。两人怔愣一时,仍说护照看上去好像旧了点。我无奈无言无助。旧怎么啦,只要不是假的,难道因为旧不给出关吗!何况,我的护照是去年九月份才办的,说不上崭新,也不至于旧吧!更何况,我这护照自己无权保管,一直放在市里的外事部门,都是你们公家给保管的,如何会看上去显出旧意来?是不是你们看护照看得多了,明澈的眼睛有所浑浊,视野里所及的东西都成了旧物了!这般说来,我心急却也理解,只是等了半日,影响了后边等待过关人的情绪,而且最后你们并没验

出丁点不妥来,依旧放行。

嗨嗨,此段小插曲,竟成了同伴们一路说笑的作料。

飞机体积硕大,飞得高,宽敞平稳。面前有悬坠的屏幕播放各色节目,没兴趣。座椅后兜里的杂志翻了一遍,再无兴致。抬头望了窗外几眼,云层似乎很厚。于是开始揣度飞机到达的位置,或者航行的线路,心中臆测,觉得应该过了河北了,到了内蒙古了。再走一走,该是蒙古国的天空了。当年的成吉思汗,驰骋千万里,哪里顾忌过国境的限制。马蹄踏处,碧草连天,尽显一代天骄的豪迈。这当儿,我们穿云破雾,行速迅疾,何尝感觉到国界的羁绊,万里碧空,竟畅自由。人类的翅膀,终于没有受太多束缚,该是多么的幸运。心里却还在想,蒙古国已经过了,下面的无垠疆土,应该属于俄罗斯了。这是当下,当下的俄罗斯,假如借阿Q的精神,心中浮一层自豪后却是低沉无尽的忧伤。曾经的辉煌,对我辈而言,只是久远的历史,连过眼烟云都不是,但为什么虚空得太过真实。民族的情结浓郁如血,确实比飘逸的云层沉实。跨出的步伐,翻过的日历,都凝结着真实的情感。

站起来走到后舱尾,除洗手间,尾部是一处精巧的工作间,不仅有各种饮料,更有吃的。征得乘务员同意,饮料任选自斟,果点也可选取一二。身旁的舷窗,略略弯腰,就是浩渺云海,苍茫大地。云成团,成棉絮样的线条。团的白,白得耀眼;条的灰,灰得柔软。峰峦层叠,绵延不绝,似无尽头。再看,远处的白落往大地,一点,两点;一处,两处;一条,两条。渐渐成片,渐渐相连,渐渐覆盖山川。噢,那不是白云,是白云落地凝结的晶体,是白云灵魂的物化圣体,是山岳举起的雪,是沟壑积聚的冰,莹润如梦中曾经的企盼。

紧紧贴着舷窗。略一离开,即被别的乘客占据。资源有限,谁不想看一眼惹眼的美景。山脊与河流,如稳重的情人纠结飘移的丝带,缠绵得蜿蜒,抚慰得孤独。依我的判断,这一带披雪的山地应是地处西伯利亚西沿的乌拉尔山脉。从地理学的角度分析,该是欧亚两大洲的分界点。也就是说,越过这一片雪山,便飞进了欧洲的上空。

我感觉自己像一只雄鹰在鸟瞰银装披挂绿意浓郁的大地。飞机恰似不会振翅的鹰,我抬了抬双臂,腾云驾雾,背负青天朝下看。

赶紧回座位取出相机,抓拍这难得的景致和预示的意义。雪峰巍巍,山壑深邃。初始在右前,进而右中,如逼近面前,悠悠移向右后,渐渐缈远,遗落进记忆的感叹里。

云层消散,朵朵块块,再也连不成气势。大地更加清晰。山的起伏缓慢出平展的原野,千畦良田,湖塘处处,林木葱郁,云影婆娑。不时有河流蜿蜒,道路弯曲,村居点点,城镇片片,一派生机盎然。满目沃土,别国的家园,生长于斯,气魄都该是昂然的。太辽阔了,太物丰了,看上去只觉富有。

飞机开始下降。成片的森林、草地、田园,鲜艳色彩的居屋点缀其间,呈现的景物犹如看过的童话图片,越近越如梦幻。然而,一层薄雾罩着目的地,如轻纱,朦胧了视线,更添加些许神秘。但与国内许多大城市上空的雾霾"锅盖"不同,那是污染了的,浓重硌心,沉沉的,而这薄如蝉翼的轻雾却能润痒远客的心房,迫不及待地想去探究被它笼罩的真实。

落地心稳。随人流步出机舱,踏上登机桥,便到了陌生的崭新国度。没什么感觉,恰如平常的每一次到达。当然,目光里闪动着隐约的好奇,捕捉每一瞬细微的差异。人流涌动,肤色杂陈,有异味袭扰鼻息,耳边的脚步声也被不懂的人语侵蚀得过于杂沓。转下一个楼梯,不大的到达厅拥满了等待入关的旅客,队伍已迫近楼梯,几无再立身之处。踮脚前望,办证的关口只有三个,而排成的队伍却不是三排,挤挤拥拥的,似有形又无形,几乎不见移动,纷乱地站立,唧唧嘈嘈,令人心绪不爽。

之前听说过俄罗斯入关手续办起来效率慢,这次终于得以亲身经历。初步印象,不仅入关的服务窗口少,而且秩序乱。站立半天,弄不清自己排在哪个窗口前的队伍里。窗口前的入关者,半天才办理好一个,偶尔,工作人员不知何故还要离开岗位一会儿,根本不拿焦急等待的旅客当一

回事儿。或许,他们已经习以为常,从不往心里去了。我们一行人开始时分站两个方向慢慢往前挨,中途发现靠右的外交通道明显快一些,看情形,并没有对乘客的身份严格区分,干脆全部移转过去,以致招来别国乘客的冷眼。当然,看他们的做派,也并不十分遵守秩序,能往前挤尽量挤去,何况本来就没有什么秩序。这一招确实提高了速度,待到从人群中终于跨到服务窗口时,心情放松了,难免不把笑意修饰在脸上。

机场的停车场不大,出候机楼后绕过不高的铁栅栏,才到达停在路边的大巴边。司机一边放行李,一边催着上车,看来这里不是停车的地方。抬手看表,已是下午七点多,太阳仍高挂西天,从云层里不时露出灼热的脸。想一想,如在国内,该是夕阳西下了,四个小时的时差,恍惚间才觉走得十分遥远。摸摸肚皮,咕咕有声。走吧,先去填饱肚子。这一路,疲劳了身体,饱了眼福,愉悦了心,安慰一下肚皮,更会皆大欢喜。

检阅红场

到莫斯科,红场是必去的。

风被云层镇压了,空气凝固得沉闷,灰蒙的云缀成稠雾,渐渐有雨丝哼唱,窸窸窣窣,淅淅沥沥,如细碎的花迷眼。雨丝不急不躁,却伤游人的兴致。一会儿工夫,旅行车的窗玻璃落了一层水,视野里的景物都显得湿漉漉的,建筑物斑驳得变了形状。

你们看,右前方路口的这幢上部米黄下部青灰的方形敦实建筑,就是当年的克格勃总部，如今是俄罗斯的内务部。艾强热情地介绍着沿途著名的建筑物。艾强是我们的导游，在莫斯科大学留学的中国小伙。众人随他的手指引颈向右，一阵闪光灯，车窗玻璃上立刻幻映出青灰米黄，晃得眼睛产生短暂的迷离，犹有穿越了时空隧道的恍惚感。沿街众多古建筑，大都刻有苏联时期的思维痕迹，历史的变迁挥之不去，苏联的阵痛似乎对于中国人更有震动。

　　莫斯科河静如处子，波光不兴。沿岸建筑多呈浅黄，尖顶部分或金黄或明蓝，在雨雾中懒洋洋地收敛着光彩。跨河的拱桥更显灰暗，却分明剥蚀出不凡的历史，引人要多看几眼。突然跃出一段红墙，在视野里没有尽头地朝前延伸。墙下起伏绿意盎然的草地，矮灌修剪得跟草地一样齐整，而稀落的高大树木可着劲地欢长。红墙、绿草、矮灌、高树，用一种我听不懂的语言，一直在跟历史交谈。红墙里就是克里姆林宫。可惜，因行程安排，这次无缘进入里面参观，我特意嘱托同行的其他旅伴好好欣赏，算是替我多看几眼。

　　遗憾是始终伴随人生的。既知，心态便平和很多。绕行在红墙之外，旅行车上了一个坡，墙里的建筑更显巍峨。坐落在博罗维茨基山冈上的克里姆林宫，是俄罗斯国家的象征，是人类历史文化艺术的瑰宝，能行走在它身边，都有一种震撼的幸福。

艾强提醒说,等会儿车子停在路边,我们大家动作快一些,这主干道一般是不给停车的。瞧意思,红场应该到了。可是,十分没有空旷的感觉。举眼四望,都是繁华的街道,建筑物不高,大多五六层,结构大同小异,下两层窗户宽大,中三层窗户窄小,最上层的与中间的相似,却又被外凸的墙檐阻隔,每一层的窗框饰纹都不一样,外形有方有圆,如果加上墙体斑斓的色彩,整座建筑显出异彩多姿来。

再走一段,眼前豁然。近处一个小广场,方形的青石地面在细雨中映幻天光。右前方一座几乎与地面等高的王冠状建筑,尖顶塑一雕像,马腾人威,与视野里远处的金色宝顶恰成一幅凯旋图。想来,这应该是一处地下建筑,但不在我们的参观之列,因为前方的建筑更让人眼花缭乱。小广场的尽头就是克里姆林宫的红墙,拐角的红蓝相间的尖形塔楼庄严巍峨。与之相邻,是一座通体几乎全红的三层建筑,只有顶部的尖塔和屋脊呈现青灰,庄重而敦实,夺人眼珠,撼人心魄。艾强说,这是俄罗斯国家历史博物馆,建于十九世纪,也是莫斯科的标志性建筑。你们瞧,整座建筑几乎通体红砖,虽是阴雨笼罩,仍辉映光彩。在里面,收藏有大约四百五十万件文物展品,因时间关系,我们这次就不进去参观了。

那么,列宁墓能不能参观?有人问艾强。好像不开放。艾强边思考边说,今天是礼拜二吧,应该不开放。一时无语,似乎多了一层遗憾,比细密的雨线还令心情湿漉,沉沉的不大舒服。对于近现代的中国革命来说,列宁曾经是路途上的指明灯,是人造的神,崇拜了几十年的领袖。虽然世事变迁,但作为历史上的伟大人物,他的名字已镶入历史,这么近距离,不远万里到来了,却不能一睹真容,如何都是一种遗憾。

进得一个铁门,走近克里姆林宫红墙,气氛猛然庄重许多。硕大的红色大理石台地中间凹进一处长方形池坑,旁边凸起一方石料,仿佛是从池坑中整体掀开。石上刻字,凸起着,如昂扬不折的精神。池坑中心蹿出一股火苗,熊熊燃燃,如跃动的神灵。两旁不远处,各置岗亭,两名英姿威武的士兵持枪肃立，护卫着这一方神圣。

这里就是为纪念世界反法西斯战争牺牲的无名英雄们建造的无名烈士墓。再看去，掀起的石块上不仅凸起着字，靠右的边沿还坠挂着青铜铸造的军旗，之上陈设一顶钢盔，造型简洁明快，思之意蕴深长。池中的火炬台凸起呈五星状，火焰从五星中央喷出。据说，建成至今，火炬燃烧不息，以示烈士精神永远映照人间。火炬台两端，沿火红的宫墙，是翠绿的草地和挺立的青松，衬托得墓园肃穆庄严。

回身看，一座树木参天的公园，仿佛有无数精魂站在那里向墓园注目。艾强走过来说，这是亚历山大花园。在俄罗斯，许多公共场所和建筑物的名字都用著名人物的名字命名，俄罗斯人对自己民族的优秀儿女是非常尊重而引以为自豪的，他们尊重历史，不忘历史，更不忘民族的精英，哪怕是无名者，也得到充分的纪念和尊重。你们瞧，那块大理石地面上镌刻的文字，一直被俄罗斯人颂扬。铭文写的是：你的名字无人知道，你的功勋永垂不朽。你们再看右边的这十二座不大起眼的长方体石碑，上面也刻着文字和五星，它们分别代表着卫国战争中十二座英雄的城市。这里不仅是墓园，更是俄罗斯民族精神的驻地。你们看这两座岗亭，被俄罗斯人称为"全国第一岗"，原来设在列宁墓前，如今不再为一个人守灵，而是为整个民族的无数英雄。这两座岗哨每一个小时举行一次换岗仪式，如同我们国家天安门广场每天的升国旗仪式，成为一种标志和象征，吸引着全世界人的目光。

雨线不紧不慢的，不是驻足的好时辰。游客稀落，却是照相的好时候。两个俊俏的俄罗斯姑娘摆定姿势，脸上的笑灿若桃花，笑容里分明凝聚了自信和庄重。最后胜利了的俄罗斯人擦干了眼泪，继续着伟大民族坚韧的步伐。或许，她们不是来膜拜的，仅如我等一般是普通的游客，但站定在这儿，周遭的氛围注定这里不是常规的风景，心中或多或少油然而生一种崇敬，也许，爱国之心，民族精魂，正是在这一次次随意的熏陶默化中沉

第一辑

莫斯科没有眼泪

011

淀积聚而升华的。

艾强突然招呼众人过去。看时，刚才进来的铁门外排起了长队。艾强催得急，快点，大家动作快点，今儿运道不错，虽逢雨天，但列宁墓开放了，你们赶得巧。他一边说一边收大家的挎包和电器，这些东西都是不让带进去的。眨眼间，他背上肩上和手里已满满坠坠的，跟附近兜售画册明信片的小商贩几无差异，逗得众人一阵欢笑。艾强示意安静，指了指队伍蠕动的方向，示意去往肃穆场所，先要把表情收敛了。

队伍很长。雨水淋不湿景仰。

前去的路呈十多度的斜上坡，总觉得有种预示作用。左边是国家历史博物馆，右边是红色宫墙，当然有参天的树和绿茵的草。越走近，队伍越肃静，脚步越轻，神情越恭敬。中途有一道安检门，简易却规范，检验得仔细，动作轻缓，然后指指前方，跟上队伍。一条石铺的小道，绿茵夹道，一路庄严。队伍的速度突然缓下来，有人停下脚步，看一排青灰色大理石墓碑，碑上刻有头像和姓名及生辰年月，许多头像都是大胡子，不可能认得，更不认得俄文，但我知道，这些墓碑全是苏联时期的政治领袖，如勃列日涅夫、安德罗波夫、契尔年科、捷尔任斯基等。我们几个中国人没有停留，赶了几步，去看列宁。

眼前几乎是一色的红，鲜红的宫墙，深红的墓墙，逼人心生凝重。转过去，却是深红和黑色的大理石墓墙，心神顿然肃穆。墓室门是黑的。沿石阶而下，隐约有光，整条墓道都在厚重的暗影里。停放水晶棺的石室光影朦胧，宁静而神秘。石室不大，除了水晶棺，似乎只有一条绕行的步道。仔细感觉，整座石室的柔光都是从水晶棺里发散的。柔光聚集在仰面躺卧神态安详的列宁脸上，如安然熟睡般自然平和。身高只有一米六二的列宁躺着更显短瘦，脸部的皮肤质感光滑，仿佛涂了一层蜡，泛现幽光。他的左手微握，右手松开，那么自然放松，随意得犹如生前。苏联国旗郑重地盖在身上，柔光里焕出别样的鲜艳，似乎当年的辉煌全都凝结在了这里。这位影响了世界也影响了中国历史进程的人,逝去百年了却容颜依旧,但他是否知道,他开创的一代伟业却已在他的国度偃旗息鼓,他安详的容颜,是否能像古埃及法老的木乃伊一样不朽?

不给停留,哪怕是想多看一眼都不可能。

从墓室出来,一条半米高的铁索链拉出一条路来,跨过去就是红场,但军警威严,必须按指定的路线行走。向西,绕过观礼台,从列宁墓的后侧向南。原来,紧贴克里姆林宫的红墙下,整齐地排列着二十多座墓葬,埋着苏联时期一批功勋显赫的人物,如加里宁、斯维尔德洛夫、朱可夫等军事家和政治家,也有作家高尔基、科学巨匠库尔恰托夫和人类历史上第一位宇航员加加林。这里被莫斯科人称为名人墓地。

规定游人走这里,等于是软性强迫人们过来瞻仰。人到了,心里却不是滋味,思想里感觉别扭。但且看看这些墓。形制几乎如一。墓碑为方柱形,上置墓主人半身胸像。棺盖上平放一块黑色大理石板,上刻主人的姓名与生卒年月。最后一座,是斯大林的。说到他的墓,不能不提一下历史。当年,他去世后被放进水晶棺里跟列宁放在一起,也是想万世流芳供人瞻仰遗容的,不曾料世事沧桑,没多少年就被赫鲁晓夫否定,于一九六一年十月三十一日从列宁墓移走。起初,赫鲁晓夫是想将斯大林的遗体葬在新处女公墓,但临时又改葬在列宁墓后面,而他自己最后则被葬在了新处女公墓。不管怎么说,斯大林在二战中为苏联人建立的不朽功勋,一直为俄罗斯人铭记,所以,历史依旧给了他一个位置。

离开克里姆林宫高耸的红墙,眼前豁然,心胸顿时舒畅许多,呼吸都显得明爽。雨线细了短了,点点洒洒的,落地无声。脚下的青石若即若离,如一段段历史对望后亲吻,吻得天沉地颤,颤得游人脚步脆响,惊起目光闪动几许喜气。

哦,这就是红场啊!

古老而名扬四海五洲的红场,怎么没有感觉到与其威名相应的浩大

气魄,仅看规模,未免太过普通了。我们中国不显眼的一个县城新辟的广场也比这红场有气势啊！一般,真的一般,真的。

干脆把伞收了,仿佛伞盖影响了视觉。雨势却大了,不仅淋身子,相机更承受不了。同伴们在几位女士的吆喝下齐齐奔向东边的古姆百货商场,借躲雨之名逛商场去了。我举伞向红场中央走,边走边拍照,尽管雨雾朦胧,出不了好片子,但纪念总是能满足的。

面西而立,正中是红黑花岗岩长石筑就的列宁墓,之后有高大的克里姆林宫红墙和圆顶的建筑物烘托,更突显了墓室的庄严。墓室之上建有检阅台,两侧附以观礼台,是重大活动时领导人和贵宾的专用场所。克里姆林宫红墙的南北,对称耸立着斯巴斯基塔楼和尼古拉塔楼,凌云飞空,犹如忠诚的卫兵日夜站守。往北走,又见通体红砖筑就的国家历史博物馆,在红场上看去愈显庄重。拐回头,东边一溜灰青色条石建造的三层楼房,敦实而古朴,就是号称世界知名的十家百货商店之一的古姆商场,这座建于一八九三年的百年老店,确实为空旷的红场增加了人气。而红场正南方,是地标性建筑瓦西里升天大教堂,又称圣母大教堂。

这座教堂的扬名缘于其极富特色的洋葱式圆顶塔楼,不仅在俄罗斯,于世界而言都独具一格。从北面看过去,视野里呈现七个洋葱式塔顶,其实整座建筑由九座教堂组成,中央最高的一座四十七米,上部的帐篷状塔楼顶着一个小尖穹,颇具俄罗斯民族风格。四周的八座教堂都冠以洋葱头状的穹顶,饰以螺旋形、菱形等形状,花纹凹凸不同,色彩各异,尤以金绿为重,杂以黄红,仿如一簇簇升腾跳跃的火焰,引人注目。教堂前雕筑有民族英雄米宁和波扎尔斯基的塑像,纪念他们十七世纪初打败波兰侵略军解放莫斯科的丰功伟绩。在另一处,建有一座圆形的断头台,据说是当年向群众布教和宣读沙皇令的地方,台上宣读处死令和罪状,在台下不远处行刑。

说到这儿,不能不说说这座教堂的历史。教堂原名是代祷教堂,后来曾因一名叫瓦西里·布拉仁的修士在此苦修,最终死于该教堂而改为瓦西里升天大教堂。布拉仁在俄语里是仙逝、升天的意思。建造教堂的起因，是为了纪念一五五二年伊凡四世战胜喀山鞑靼汗国。传说战争中，俄罗斯军队由于得到了八位圣人的帮助，战争才得以胜利。于是，八个塔楼上的八个圆顶分别代表一位圣人，而中间那座最高的教堂冠则象征着上帝的至高地位。可怕的是，为了保证不再出现同样的教堂，伊凡大帝残酷地刺瞎了所有建筑师的双眼，被世人称作恐怖沙皇。

不必进去了。我不是东正教徒，但相信外观的美感比内里的宗教气氛更令我震撼。宗教总令我神经紧张，哪怕是心灵的敬慕也显得拘谨，而建筑的旷达之美传递给我的是颤动魂魄的，是一种欣喜的快感。我情愿傻待一会儿，再一会儿，把异域才有的大美浸润在眼底，沉淀在我日常的思维里，化作精神修养的新基因，与生命同灿烂。

向南，从洋葱头教堂的东边向南，一个长长的下坡，等于离开了红场。好像每次在红场上的重大检阅也是从这个方向结束的。而我们这次来，走过整个红场，却是来检阅莫斯科的辉煌历史的。走下去是停车场，不是结束，而是我们继续莫斯科之行的中继点。

倾国倾城

去莫斯科，除了红场和克里姆林宫，阿尔巴特街也应该去看看，就如同去北京看了故宫和天安门广场却没去王府井大街，到上海看了外滩登了东方明珠却没有去南京路，多少都显得不大完整。

在步行街附近的俄罗斯外交部高耸的大楼前下车,走不多远就拐进了阿尔巴特街。不是周末,又值午后,街上空落落的。从街头看过去,这是一条很普通的街,普通得如果是第一次去莫斯科很容易错过的街。街面是红条砖铺就的,一溜溜的青砖把整齐的红砖分隔成条条块块,丰富了地面的色彩。街边的楼房都不高,与其他街道分不出更多的特色来。不繁华,也不宽阔。

然而,因为历史上影响俄罗斯的名门望族如托尔斯泰、普希金、加加林、亚历山大等家族都曾落户于此,至今仍留下风格各异饰有族徽的华屋,从而流芳于世。尤其是作家雷巴科夫的小说《阿尔巴特街的儿女们》

发表后,这条街道的名声更加远扬。

街以人扬名,以名人扬名,这是阿尔巴特街的幸运和宿命。

如今,这条洗尽铅华的古街店铺林立,商业气息裹身扑面。旅游纪念品、奢侈品、艺术品,应有尽有。透过宽展明亮的橱窗,琳琅的商品摄人眼球,无不勾起驻足观瞻进而走进去的欲望。而间次出现的各具特色的酒吧、餐饮店,则大都把街边的地面侵占,搭建起简易而清爽的棚子,状如巨伞,伞布呈白或黄,坠以彩边,颇洋气。棚伞的边界置放一圈木栅或木箱,木栅上放花盆,木箱里直接栽植花草,间隔着,或有青葱的松柏,颇雅致。如果有时间,饮一杯咖啡,坐下来闲聊或待一会儿,哪有不惬意的。

但这些还不是最夺人眼球的。走在街上,目光来不及照顾到街边的店铺,早被街上的丰富多彩撞晕了。小摊贩不多,却招人驻足。或书摊,或油画摊,或街头艺人。书摊大都端坐街中央,两根立柱支起精巧的雨棚,蓝布衬映的台面上或立或竖或躺着装满智慧和趣味的书籍,而且,书摊的书大多是精装本,面相与大书店的无异,不像国内街头的书摊要么是旧书要么是盗版书,更不会像国内街头的书摊那样随意地摆在地面上脏了书皮污了内里的精神。这样的书摊,不必蹲下搜捡,适意地站立,随手拿起一本,心仪了,腰包里的钱便随手给了摊主,然后竖起拇指,感谢别人其实是自己得了宝贝,沉甸的书令心里踏实得直想乐。

书摊不算多,比不了油画摊,或连缀,或散落,但望去仿佛整座街都鲜亮着画框。带框的大都立在简易的架子上,从地面一层层摆上去,一人多高,欣赏和选取都极为方便。风景居多,村野、草甸成主角,尤以白桦林最盛。不带框没有装裱的,静静地躺卧在桌案上,有的干脆卷成束,顾客看时才打开。这样的容易携带,最适合远道而来的游客。细看去,不仅只是油画、版画、速描画、立体画,甚至漆画,应有尽有。当然,围观最多的,是摆摊现场作画的摊点。随意地选取一个街头画家,别着急,略略静会儿心,看画家眼到手快碳素、粉墨、油彩,信意挥洒,片刻间自己的形象就跃贴

在纸上，真是惟妙惟肖。一手交钱，一手取画，这一趟莫斯科之行，可是没有白来。也有冷清的摊点，人物素描用夹子夹了，悬坠在墙边或大门边的细铁丝上，看上去与别的画者技艺无差，却就是无人问津。但不管你让不让他画像，热络一下他的生意，只要走近，他们都会善意地与你问候，笑容单纯得令人温暖，真想坐下来照顾一下他的生意了。

绘画多是成年人练摊，而街头艺人就没有年龄问题了，反而年轻人更多一些。这些人大多展示各式乐器，群体的少，个体居多，当然也有秀舞姿的。来到商业气息浓郁的步行街一展才艺，纯粹精神意义上的少，大多与利益有染，与生存有关，跟绘画者一样，作为糊口的生计的手段。这样的艺人面前，大多摆放着盛钱币的各式盒子，游客投放进去的心意，艺人的表演并不受影响，依旧尽情施展艺术天分。也有调皮的小艺人，游客与之合影，便装模作样地配合，艺术成了临时的模特。

行走间，常常被缓缓移动的活体广告吸引。说活体，是因为广告牌由人背着挂着，背在身后，挂在胸前，上及胸，下到膝，有时手里还拿着小小的卡片，向游客散发。他们有男有女，大多为中年人，只游走或散发卡片，并不吆喝，面部表情几乎木然。而站在商铺门前招呼游人的店员就活泼得多，她们一色的老年妇女，身着传统的民族服饰，花花绿绿大红大紫的，异常吸引眼球。只要从她们跟前走过，总是热情地笑脸相迎，盛情邀约你去她介绍的商铺看看，虽然语言不通，但笑容比语言更能沟通感情。对外国游客而言，大多感兴趣是她的着装和笑容而不是她身后的商品，于是纷纷要求合影，她欣然应允，当然也有以笑相拒的，但那笑意里分明能体味被拒的滑稽，不由得自己也笑了。

文化与商业在这条街上巧妙地碰撞，让人满足购物欲望之时领受着文化的熏陶，满足和领受在主动与无意之间兴奋地实现，而步履不必匆匆，眨眼间会有惊悚惊奇惊喜。瞧那两个男人，坐卧在一尊雕塑下睡得多么酣甜，路人嬉笑和闪光灯骚扰都断不掉他们的美梦，他们是在梦幻自己的情人也是倾国倾城的美人吗？难道现实的不如意非要在梦幻中实现？可是，倾城倾国的美人是要用生命陪伴的呀！那一尊雕塑里不就刻着这样的故事吗！普希金与娜塔丽娅，这对俄罗斯当年轰动朝野的才子佳人，神情庄重地注视着步行街上不息的人流。

这是一九九九年为纪念诗人诞辰两百周年特意铸造的青铜雕塑。据说，雕像基本按两人原貌创作。普希金身着燕尾服，风流潇洒；娜塔丽娅一袭婚纱，端庄靓丽。两人携手的幸福，似乎展示着当年婚礼的浪漫。的确，当年的普希金，在俘虏"俄国第一美人"的芳心后，生命是何等的光辉灿烂，心情是何等的愉悦幸福！婚后的第六天，诗人在写给朋友的信中说："我结婚了——觉得非常幸福。我唯一的希望是我的生活不要发生任何变化——我不指望有更好的生活。"然而，这种幸福的感觉却很短暂。两人六年的短暂婚姻，最终因娜塔丽娅绝世的美貌和两人迥异的生命追求所招致的决斗而夭折，不能不令后人闻之悲痛和惋惜。

美，本身没有错，却能招致错的后果。

娜塔丽娅到底有多美，魅力究竟有多大，普希金的好友索洛古博曾这样描写："一生中我见过许多漂亮女人，遇到过比普希金娜更迷人的女人，但从未见过像她那样将古典端庄的脸型与匀称的身段如此美妙地结合在一起。高高的身材，神话般纤细的腰……这是真正的美人。无怪乎，甚至是从最靓丽的女人中挑选出来的女人，也要在她的面前黯然失色。我第一次看见她时，就神魂颠倒地爱上了她。必须承认，当时彼得堡没有一个年轻人不对普希金娜暗暗地恋慕着。她那灿烂的美和魔力般的名字，让人们陶醉。我认识一些年轻人，他们非常自信地确定自己爱上了普希金娜。不仅是那些仅与普希金娜见过一面的人，还有那些根本就没见过普希金娜的年轻人。"从这一段描述看，娜塔丽娅的美足可以用中国的成语"倾国倾城"形容。

如果娜塔丽娅守着绝世的美貌安心于家庭，或许普希金会有另一个

第一辑

莫斯科没有眼泪

命运,哪怕她不喜欢文学,甚或听够了普希金对新诗的朗读。然而却不,她不仅有美若天仙的外表,还有躁动不安的虚荣心。她的兴趣就是进出各种社交场合,展示自身的魅力倾倒无数的男人对她大献殷勤。终于,荷兰公使的干儿子,向有"英俊王子"称号的法国人丹特士对她疯狂追求,点燃了她本性中放肆不拘的熊熊欲火,也摧毁了视荣誉和名声如生命的诗人意志。普希金毅然选择了维护荣誉的决斗。一八三七年一月二十七日,一颗伟大诗人的心停跳在了彼得堡郊野的山里。

睡躺在青铜雕像下的两名男人醒来后不好意思地离开了,瞧他们的神情,好像带走了十分美好的梦境,不知那梦境里是否有普希金的忠告。

阿尔巴特街,因文化的丰厚积淀而声名久播的步行商业街,走近还是离开,似乎都能感受得到铜锈的背后笑着一张诗意的脸。商业气息不管多么浓厚,文化的精神魅力总会抚慰人类的心灵。不管什么时候,文化都不要因维护名誉而去找谁决斗,那将不会再是一个诗人的悲剧。

辉煌不会在沼泽里沉陷

涅瓦河的波光

很难想象圣彼得堡是一座沼泽上的城市。

从空中俯瞰，大地一派苍绿。河渠弯弯，公路伸延，格状的建筑群仿如精心摆放的积木添加着文明的喜气。

走出机场，目光被阔大的停车场和广袤的平坦草地抓住，更远则是冠盖葱郁的林带，一直接连蓝天白云的穹宇。别说沼泽，第一眼的圣彼得堡一洼水都不见。我跺跺脚，坚硬的水泥地震得心颤。眼前的停车场大得

无边，我不曾在哪一个机场见过停满车辆的如此宽展的停车场，也不曾见过在哪一个机场边有如此辽广无垠的齐整草地，仿佛中午炙热的阳光遇到它都羞涩地收敛了温度，天空则以明净的湛蓝与之欢舞。真的，提过行李等旅行车的时候，我看愣了，即使站得疲累也是一种幸福。

车辆川流，四周各路口站立全副武装的军警，紧张得每一个旅客都一脸严肃。原来，圣彼得堡要召开国际经济高峰会议，总理普京等国内外政要都在赶来圣彼得堡。我们赶紧离开，如逃，逃得心情舒畅。

满眼的绿，到处都是粗大的树和平展的草地，从机场到城市，唯一改变的只是建筑物增多。当然有了水，但不是沼泽。一条条的河，一座座的桥，拥塞的汽车，闲适的行人。广场，路口，街头游园，好像都矗立着姿伟意尊的雕塑，如同历史和文化早已沉淀在走过的每一处地方。越往城内走，街道越显狭窄，楼房越显灰暗，历史的风霜侵蚀了原本鲜亮的墙体。楼房都不高，大多三四层，窗户和墙体的造型各具特色，少有雷同，可见当年设计者和建筑者的突出个性。不仅造型，墙面的色调也是不同的，米黄、浅灰、粉红，间或浅蓝，缤纷异呈。

老街的步道上基本没有树，建筑物的品貌更显突出，尤其是站在某一个十字路口，四望皆是古朴典雅的旧世建筑，目光怎么深邃都穿不透历史的厚墙，反而被时光的沉酣感染得思绪翻涌。这里是人类近代文明的典型集聚地，三百年的历史不算久远，但其建筑物至今保持原貌，不仅是质量的胜利，更是文化理念的不朽体现。

桥真多，都不大，古拙而敦实，把河网密布的都市连成一体。想当年，这座起于一片沼泽地的城市，建设者该是付出了多大的智慧和体力，创造了圣彼得堡北方威尼斯水城的辉煌。资料称，位于波罗的海芬兰湾东端涅瓦河三角洲的圣彼得堡，共由四十多座岛屿组成，七十多条天然河流和运河迂回其间，五百多座古风古韵的大小桥梁宛若长虹卧波，把粼粼碧水和古典建筑连成一片。

我们下榻的翡翠宫酒店就坐落在素有"地上博物馆"之称的古城。大巴车临时停在路边,卸行李办入住手续的当儿,我已忍耐不住,跑到街头一阵狂拍,仿佛不抓紧时间就要失去机会似的。其实,我们要在这里住两个晚上,迎送两个日出日落。我相信,朝阳和晚霞里的古街更具一番风韵,拍进照片的姿彩更会远好于午后的明晃,可是……可是心情遇到美时总是不愿错过的,哪怕更美的瞬间正在可以预见的前方等待。而且,进入房间,从窗户里外望,更有别样精彩,一路疲劳不必洗除,早已被激动漾抚无影了。

激动的心情是不该让休憩消弭的。马不停蹄,先去感受涅瓦河两岸的风采。可以说,涅瓦河是圣彼得堡的母亲河。没有涅瓦河,就不会有圣彼得堡的"水城"和"桥城"美誉,就不会有圣彼得堡辉煌至今的历史,它哺育出一座城市,也孕育出灿烂的俄罗斯文化。

陪同我们的导游白梦楠是位留学生。大巴车一路穿越古街,每一处特色和标志性建筑他都会简要介绍,因为简短,便显得仓促,毕竟,历史的沉淀,太多厚重太过繁荣,仿佛每一座古建筑都雕刻着数目不凡的动人故事,哪怕慢慢走去,也很难用一生的时间讲述完。同伴们不时发出一声惊呼,为建筑、为街头小景,抑或一辆娶亲的花车,满眼都是新奇的文化现象。

拐过一个街角,眼前猛地豁然,一条宽阔的河横在跟前。真的很宽,真的,意想不到。河水看不出缓急,穿梭的船只将河水掀起波澜。两岸的建筑连起无际的天穹,视野显得无比开阔,极目晴日舒。哪怕是横跨河面的老铁桥,似乎都贴着水面,把视野让给了两岸的街道和无限的天空。

白梦楠指了指前方说,那里是十二月党人广场,高树参天,绿草如茵,正中间的花坛巨石上是彼得大帝青铜塑像。再往前看,那座白绿相间的三层建筑就是著名的冬宫。冬宫的建造、圣彼得堡的奠基、俄罗斯的强盛都是彼得大帝的杰作,因而他被恩格斯赞叹为"真正的伟人",成为俄罗斯历史上最伟大的沙皇。

哎呀,别说了,急煞人呢!停下吧,停车我们下去看呀,何必给我们精神折磨。同伴们几乎站起来要下车。白梦楠嘿嘿笑着,各位别急,不是不让大家下车,而是这里处于交通要冲,不给让车。再者,明天我们会专门安排大家到此参观,让大家饱眼福。今天呢,咱们的节目是坐船游览涅瓦河风光,码头就在前面。

嗨嗨,总想先睹为快呀!

一条两层游船,蓝白相间的船体,一层的船舱相对封闭,桌椅齐整。第二层半封闭半敞开,登上甲板尽可享受河风云影。船不大人更少,同伴们撒野般上下活动,选取不同的角度拍照留影。船速不快。从冬宫边上的码头出发,先逆流而上。两岸次第的古朴建筑仿佛退向天际,穿梭的快艇掀起大浪,把人摇晃得既胆怯又惬意。

彼得保罗要塞临河高筑,三座金色的塔楼直刺蓝天,敦实的城墙依河延伸,墙下河岸边人工堆起的沙滩柔静地化解了城堡的威严。古老的帆船落帆停航,紧靠着要塞供游人观览。各色的水鸟闲适地飞翔,把天空装点得活泼喧嚷。

皇宫桥很低,仿佛要弯腰才能穿过去,可过了桥,河面突然宽阔了许多。左拐,船速越走越慢。白梦楠指了指左前方的一艘船说,瞧,那就是苏联十月革命时炮轰冬宫的"阿芙乐尔"号巡洋舰。一句话把船舱里的同伴全引上了甲板。这艘对中国人有特殊感觉的巡洋舰,想必每一个中国旅游团都要被导游带来参观,至少会在解说中提及。如今,已现锈迹的巡洋舰静卧在涅瓦河的一个拐弯处,两根帆樯三根粗大的烟囱依旧傲然耸立,船首的火炮直指冬宫的方向,好像永远预示着革命的目标。十月革命一声炮响,给中国送来了马克思列宁主义。从此,共产主义的烽火燃遍世界各洲,在人类历史上写下了辉煌轰响的彩页。尽管苏联早已解体,社

会主义的体制已远离俄罗斯,但这艘为社会主义打响第一炮的巡洋舰,作为曾经的社会新制度的见证,将永久停泊在涅瓦河畔,作为俄罗斯海军博物馆的组成部分供后人参观。

游船在这里掉头朝涅瓦河下游驶去。显然,船到此地就是为看巡洋舰的,或许更是专为中国游客特意安排的。我不想刻意揣测,可是,前后许多游船都没有朝这个方向驶来,而那些船上乘坐的全是白皮肤蓝眼睛的西方人。

船速快了许多,甲板上风很大,同伴们都躲进船舱享受俄罗斯风情歌舞和水果点心去了。我独立船头,手握相机不放过任何一处新鲜的景物。冬宫桥头矗立的两根高大灯柱异常醒目,淡红的柱身雕饰着绿色的船头和锚钉,基座上四个方向各塑起白色的人物像,据说分别象征俄罗斯的四条大河:伏尔加、第涅伯、涅瓦和伏尔霍夫河的河神。后来才知,这被称作罗斯特拉灯塔,是依据古希腊传统,每一次重大战役胜利后,都要斩下船头,镶嵌在灯柱上以求带来更大的胜利。

河面越走越宽,建筑物越走越少,林木越走越多,残破的修船厂和各色小码头占据了最下游繁茂的沙岸林地。船头的远方,已看得见河的尽头和海的模样,仿佛河道猛然收窄后豁然开朗。那里就是通往欧洲的门户。当年,彼得大帝选择这一处沼泽王国建立首都,正是想把沙皇俄国融入欧洲,三百年之久,如今的俄罗斯仍然为这一目标做着努力。版图的接近和相交,建筑风格的相因相袭,以至于宫廷礼仪的相通和婚姻的相连,都因为独特文化的丰厚底蕴和民族宗教的独善其身,而使俄罗斯一直在欧洲的大门边徘徊。波涛不息的涅瓦河,将会继续见证俄罗斯通过这个门户走向欧洲的努力。

上岸乘车,我们直奔兔子岛。这里是圣彼得堡的奠基地。一七〇三年,彼得大帝选择这处涅瓦河三角洲的岛屿建设彼得保罗要塞,然后从这里扩建为城,并于一七一二年从莫斯科迁都至此。起初,要塞的建设目的在于同瑞典的战争，但却始终没有真正使用，直到后来改成关押政治犯的监狱，犯人的名单中有不少响彻俄罗斯民族的名人，如车尔尼雪夫斯基，如高尔基。十月革命前夕，要塞成为起义军的司令部。如今，已设为一座博物馆。

我们没有走要塞的正门。停车驻足，一群人被丢在一处四周矮房的停车场，房子简陋得如废弃的工厂。一座圆门，两扇大铁门关了半扇，又邀又拒的架势。进得圆门，一条狭长曲折的巷道，两边的建筑右红左黄，均为两层，绵延而去。建筑物一般，色彩却鲜艳得晃眼，即使房门，也绘以斜条的黑白相间的饰纹，人如同走在浓稠的颜料里。拐一个弯，仍是长长的巷道，没有尽头的感觉。就这么一直走，路是唯一的出口，间或有一个通道，望进去一个硕大的院子，但周遭仍是两层的红色房子。想来，所谓的要塞，除了坚固的围墙，周边也是有堡垒式的建筑物的，否则驻兵何以守卫？所以，如今游客走在要塞里，总有一种被圈在里面的直观感觉。据说，整座要塞外观呈六边形，而六个角又扩展为带尖角的A形，没有死角，因而成就一处易守难攻的堡垒。

除了周边建筑，内里还有造币厂、兵工厂、船屋等，但最著名的要数圣彼得保罗大教堂。这座建于一七〇三年原为木质后改为石砌的大教堂，是一座典型的早期俄罗斯巴洛克式大教堂。它的外表庄严静穆，内部装饰富丽堂皇，尤其是高达一百二十二米的钟楼，金光闪闪的尖顶直刺云霄，只有仰视才能览尽它的全貌。不知为什么，今天教堂大门紧闭，结队而至的游客无奈地在大门前徘徊，无缘一睹教堂里的精美雕刻和感受其静穆的气氛。

远观，只有远观，只能远观。广场显得很大很空阔，地面铺以不规则石块，游人闲适地漫步或驻足观览。成排的长凳置于教堂前，简易而实用，不像用于游客的休憩，或许给礼拜时的信徒使用。而周边的绿化倒是讲究，路边和树荫下都备置了美观的靠背椅，零散的几个小商贩站在手推

车做成的摊位后笑容淡定地招呼着顾客。拍照，驻足，感受，真的不甘心。不远千里而来，只能睹其巍峨的外观，不是遗憾所能释怀的。

白梦楠颇尽职责，口若悬河地介绍内里的结构和雕饰，并说，这里不仅是一座教堂，还是一处著名的墓地，从彼得大帝一直到亚历山大三世的俄国历代沙皇，都葬于此地，还有许多大公附葬在周边。一九九八年，末代沙皇尼古拉二世及其全家的遗骸也安葬在了这里。没有显著的标志，只是墓碑，与华夏历代皇族的陵寝相比，显赫的沙皇们的墓地过于简陋，他们甚至连真正意义上的陵墓都没有，仅仅是一座墓碑。可是，从另一个意义上说，他们长眠得异常安详，没有哪一个想发横财的盗墓贼会对一块普通的石刻墓碑感兴趣，但那一行行字，更比宏大的陵寝和威武的墓前神道能长存于悠悠不息的历史。

往正门走，一条树荫苍郁掩映的石块铺就的大道，两边的房屋也藏在树和草地装饰的绿意里。正走着，一座夸张的铜像吸引了众人，结队的游客正交替着拍照。只见路边绿地旁，端坐着铜铸的一尊雕像，神情肃然，却感觉比例严重失调，壮实宽大的身体支撑着小巧的头颅，乍看去颇觉滑稽。白梦楠趁机讲解说，这是彼得大帝的铜铸坐像，据说是按照真实的形象塑造的，当然不乏幽默的成分，因为史料记载，彼得大帝身高二点零五米，为世界至今身材最高的帝王，但有意思的是，他的脑袋比例显得很小，才让善于幻想的设计者成就了这尊雕像。

走出正门，回头张望，一座古罗马君士坦丁凯旋门式的建筑，敦实而庄严。这座起名彼得门的要塞正门，门顶饰有大量十八世纪初的雕塑和浮雕，如罗马女神像，描绘基督弟子之一的圣彼得战胜异教徒的《占卜者西门的惨败》浮雕，件件都堪称艺术珍宝。门额之上，悬挂着用铅浇铸的重达一吨多的俄罗斯帝国双头鹰国徽，今天的俄罗斯国徽依然与之一脉相承。

天色向晚，要塞门前的涅瓦河在暮色里泛着明光。游船穿梭，兴奋的旅客举着相机向岸上的人打着招呼。周边的一切仿佛都被裹进闲游的氛围里。

彼得宫的水光

　　水是圣彼得堡的魂，不仅河网密布，而且濒临大海。城因水兴，水因城美。彼得大帝慧眼独具，更把他的避暑宫殿建在了碧波荡漾的芬兰湾边。

　　彼得宫，因避暑之用又名夏宫。古朴的豪华迷倒过无数王公贵族，我

们是慕名走马观花,感受虚夸的古朴和盛名的豪华。

如果乘船去夏宫,既近又能领略波罗的海风光,但昨日的涅瓦河航程瞅见过海的模样,陆路的村野或许更有别样的奇妙。车一出城,便一头钻进了绵延的森林,满眼的绿,不是树就是灌木和草地。树冠遮蔽了天空,纤弱的植物纠缠着树木,倒卧的腐木横七竖八,空气里鲜草和枯叶的气味和光同尘。林间草地正与阳光交欢,莹亮的叶尖花一般迷眼,眩得眼神幻影层叠,仿佛有许多人躺在草地上享受大自然的风吹日晒。

真的是人,但凡草地上,都躺着白肤色花短装大晒日光的人,装点得草地生动活泼。瞧,有的直接躺在草坪上,有的铺张毯子或搬张躺椅。衣服是多余的,男人简单到一条短裤,女人最多再照顾得多两点,需要遮的简单遮一下,余下的肌肤随心所欲地暴露给太阳,甚至有的直接贡献出天体。多舒坦呢!他们享受了阳光,我们这群少见多怪的中国游客大饱了眼福,多么绝美的一道风景啊!

圣彼得堡人对日光的贪恋,生活在低纬度的人难免奇怪,但更感好奇的是一天二十小时的白昼。多好啊,整天阳光灿烂的,黑夜只有那么短短的四五个小时,一场梦还没做完呢,天又亮了。梦不过瘾,但贪恋美景的心过瘾。

就说今儿吧,半夜醒来,打开窗帘,天穹大明,云层依稀,红霞连绵,叠次的古建筑已罩上一层鲜亮的天光。大地还没有苏醒,天宇已歌舞欢腾。回头看闹钟,还不到凌晨三点,世界又开始了新的一天。我端起相机,从窗口拍摄晨光中的天际,柔光中的建筑和宁静的街衢。不同的角度,幻映着不同的光影,而心内的激动却把疲惫的睡意邀约在身。天眼越睁越明,我的双目却越加朦胧。一觉再醒,窗外早已是四处喧嚣,城市正处于极度亢奋状态,人的精气神才刚刚复苏。

漫长的白昼躁动了城市,似乎散漫了乡野。静的林地,静的草坪,车轮也辗不散晒日光人的悠闲。那些点缀林间的一幢幢色彩各异风格迥然的乡野别墅,更显得自得安闲。日近中天了,还大都关门闭户,只是偶尔看到某一个精致小院里有老人走动,悬吊的椅式秋千静静地藏在浓烈的绿色里。

这才是真正的别墅,草盛树茂,静美幽雅,哪像如今我们城市里拥挤在一处只是独门独院的所谓别墅区。同伴频发感慨。白梦楠说,别看今天这些别墅里没有什么人,一到周末,别墅的主人们都要驾车从城里来到这里度假,各条道路拥挤不堪的度假车流成为圣彼得堡乃至许多俄罗斯城市独特的风景。

原来是这样。俄罗斯人真会生活,城市和乡村,不同的体验和感觉,多么吻合古人对星期和礼拜的安排,多么顺应今人对工作和休闲的界定。俄罗斯广袤的疆域,为她的人民提供了宽敞的居地;沙皇们享乐的传统,为她的百姓标榜了生息的典范。今天去看的彼得宫,不正是皇室的别墅吗?

一个花园连接着一个花园,一片树木交织着一片树木,一块草地眺望着一块草地。听着白梦楠的介绍,仿佛觉得每一个花园都与曾经煊赫的沙皇家族有着关联,只是闪动在那里的人影不再是旧时的装束。

旅行车突然拐进一片不大的停车场,未及停稳,嘹亮的小号奏响在车门口,两名中年的男乐手滑稽地演奏着迎宾曲,不知是景区刻意的安排还是乐手谋生的自主行为,我们在乐声中走向彼得大帝的夏宫。

简易却讲究的商贩货车摆满路旁,把游人限定在狭窄的步道里,驻足寻物问价的游客并不多,匆匆而过,甩下阵阵商贩的吆喝。此景此情,几乎在国内每一个著名景点的进口或出口都能看到,想不到在圣彼得堡的夏宫外也享受到了类似待遇。脚步不停歇,目光透过五颜六色的货车篷布伸向无际的远方,似乎在尽头,一座黄墙蓝脊金顶的古堡式建筑夺了眼球。

人流熙熙。从西北角的侧门进入,等于穿过宫殿的圆门洞,眼前豁然,

心神立刻被园内修剪整齐的绿化树震撼。讲不出名字的树木已碗口粗壮，树冠修剪得上下齐整，如排排树墙耸立。树叶异常稠密，叶片如放大的葡萄叶，绿意盎然，与蓝的天、白黄相间的宫墙辉映成一幅绝美的画面。树荫密实成一道爽目的林道，一直走下去，仿佛能走进曾经辉煌的沙俄帝国。

穿过树墙，景色更惹人心动。先是一处硕大的方形水池，中心置放玉女雕像，细长的喷水泉围绕雕像，营造出清新舒雅的意境。水池周边绿草相围，树影映照，棵棵大树绕颈牵手，似有延绵不绝几成森林之貌，但一样修剪得齐整，人工的巧饰赋予了树林活力，跃动出灵性的精气神，把游人的心撩拨得有了醉游其中的畅快劲儿。地面铺一层沙石，树根四周饼状的绿地，树干及人高，抬头一线蓝天半目绿叶，平望则是适意畅游的游客和绵延不尽的绿色，阳光的巧手把视野里的一切都装扮得分外锦绣分外妖娆。

继续走吧，阔大得很呢！一排树，又是一排树，仿佛没有尽头，当成片的绿地呈现在眼前时，空间突然辽阔得晃神晕眼。定神四顾，身子恰好站在了上花园的中轴线。庄重的大门，不规则的喷泉池，精美的雕塑，圆形喷泉池，最后是黄墙白顶的大宫殿，中间绿地相隔，步道相连，雕塑座座，喷泉处处，开阔而紧凑，神圣而庄严。

走过去，慢慢走过去，沿着绿地，绕着水池；驻足，拍照，留一张影，感一声叹。水池很浅，雕塑很精，草地很平，建筑很美，眨眨眼，不是梦境，只余恋恋的流连。精致，大气，凸显苍穹般的气魄。确实，空间的开阔装点出建筑雕塑的华美和喷泉绿地的精致，给人的感觉就是大气。它不像中国园林巧中见精，并饰以粉墙断桥、竹影梅香、亭阁楼榭，而是用喧闹的喷泉、空灵的鸟啼、精美的雕像，营造出恢宏的意境，以至于三三两两的游人成了淡然的点缀，烘托出更为活泛的气氛。

从东北角走出上花园，绕过大宫殿，眼前一派茂盛的绿，粗大的冠盖遮天的树林如一道厚重的屏障，把宫殿护佑在静谧洁净里。一道巨大的草坡，把下花园与上花园有机和谐地连接起来。草坡与树林之间，点缀着修剪得更加精致的草地和设计得更加隽雅的喷泉。沿着缓坡往宫殿前面走。坡下的草地花色繁盛，装点妖娆。

游人如织，摩肩接踵，等于随人流慢慢往前挨，越往前游人越多，到了一处，几乎静止不动了。人群中的赞叹声一直把众人的注意力吸引在右方。拥挤着挨到地面铺以黑白瓷砖的地方，脚步再也不愿朝前移动。转身向右，眼前一处硕大的喷泉，叠次的雕塑在水光中闪烁金辉，一条笔直的水道破开密实的树林通向浩瀚的湛蓝色的芬兰湾。水道两边的绿地上，一溜小巧的喷泉将恢宏的大喷泉与深邃的海洋连缀，展现出磅礴无边的气势。

这就是夏宫里著名的隆姆松喷泉。我们站定的地方，是大宫殿美观宽敞的阳台，阳台的下部，分左右建起了七层的阶梯瀑布。从东边的台阶逐级而下，一阶一停，风景变幻。白玉色的台阶面上雕刻有黑金双色的浅浮雕。每一个台阶，暗红色的大理石巨大基座托起黑地雕刻金花的石盘。黑色石盘中，跃起的水柱和白玉阶上喷出的水柱从二十米的高度直落而下，多姿的镀金人物雕像屹立在飘舞的水雾中。雕像大多取材于古希腊和古罗马的神话故事，遥远的神话在水雾中朦胧出令人遐想的神性。

大宫殿的阳台底座是五个拱门形的凉洞，凉洞前筑起名叫花篮的喷泉池，喷泉的水柱呈花叶状，在空中交织出精美的花篮。泉池之下，是三个层级的瀑布，瀑布的水落进被称为勺子的大水池。半圆形的大水池中央，耸立着镀金的大力士参孙和狮子搏斗的雕像，散射的泉水包围着雕像，健硕的参孙正掰开雄狮的巨口，一股冲天的水流从狮子口中喷出，弥漫的水雾几乎与飘逸的云朵牵手。据说这组雕像象征着沙俄军队一七〇九年与瑞典在波尔塔瓦交战的情景，而大水池周边或向上齐喷或吐于怪兽口中的喷泉，营造出当年疆场鏖战的激烈场景。

喷泉是彼得宫的精髓,雕塑是彼得宫的灵魂,喷泉与雕塑天衣无缝的交融孕育了夏宫气势磅礴的风骨。水雾模糊了视线,水光迷离了视觉,眼前闪幻的唯余惊世繁华。二战的炮火硝烟是否已被水雾湮灭,宫廷的明争暗斗是否已被水光虚幻,从来的刀光剑影仿佛都不能再破碎我诗意的眼神,我甚至依稀看到了延续在夏宫里缠绵悱恻的爱情。

走在喷泉流溪的夏宫,仿佛不是在感受景色,而是在体验历史。

但我的心还是钟情美景。继续前行,步道修建在树荫下,林木疏朗而又深邃,阳光斑驳在林间的草地上,看不到零乱的杂木,偌大的林地交互着纯正的自然风貌和人工修饰过的印痕,却是那么的和谐,如天然的纯粹糅合了人文的精神。途中有三座桥,水道的砌岸由直立的石块转换成斜度的草坡,好像每一棵草都经过细心的修剪,水鸟飞落,如回归绒毯般的家园。

步道与水道的尽头就是大海,极目远望,水天一色,深湛的蓝能把双目洗润得明净清爽。林地悄然止于水岸,浅滩的水草趁机疯狂,将层叠的绿延伸成无尽的蓝,与白云欢舞跃动出一幅幅撩心温意的画图。水鸟更加欢欣,在海天草滩间翩翩舞蹈。岸滩的沙地草坪上,游人比刚才闲适了许多,或坐或站,享受着森林和海洋共同孕育的胜景。

回头左转,沿着海岸的森林小道,走近一处红墙红顶的建筑。这座临近海边的被称为蒙波礼季尔的庭园,典雅而宁静。五座石砌的喷泉花园,以精心修剪的短小灌木相隔,花样奇巧的花圃中举出几棵耸天的大树,与近在咫尺的林地声息呼应。中心花圃是座黑石雕砌的喷泉,其余四座分别雕以镀金的少男美女,喷泉水从雕塑的石座下垂落,远望去,金灿的俊男美女犹如飘舞在水幕织就的纱幔上,日夜感受着夏宫里的沧桑变幻。

一步之遥,又是林地,又是雕塑,又是喷泉,又是花圃。阳光如炽,却处处清凉。面积太大了,真感到走不完。看那条林间的步道,还要通向深处;瞧那片巧饰的花圃,依然连绵起不尽的绿地。喷泉在林间草地上闪幻着晶亮,雕塑在树丛花坛里映放身姿,游人匆匆的步履和兴奋的神态昭示着更多的美景在等待,如果有时间,真应该走遍夏宫花园的角角落落。

往出口走的当儿,那个上坡真是长,身后喷泉处间歇响起的欢闹声,几次把脚步扯缓。不是舍不得走,实在是有点意犹未尽,毕竟,坡顶的尽头,就是花园的结束,哪怕回头望,也看不到未能走去的风景。

古建筑的幽光

走在圣彼得堡,不管是城区还是郊野,惊奇的目光经常被独特的建筑物勾引。皇宫,园林,乡村别墅,街头雕塑,灯塔,城堡,教堂,凯旋门……甚至一座桥一堵墙,古色的典雅弥漫在角角落落。

法国人伏尔泰说,圣彼得堡集中了欧洲各国建筑的精华。这句话要么视野狭窄要么唯我独尊,它忽视了东方建筑风格的渗透与影响,圣彼得堡实则是世界建筑艺术的博物馆。

我们走进了彼得宫的中国花园,看到了奥拉宁包姆建筑群里的中国宫,沙皇村颇具中国园林风格的亭、桥甚至牌坊,更让人领略了曾经拂动在圣彼得堡的中国风。

每一条惊世的街道,每一座绝俗的建筑,无不诱惑我猎奇览胜的欲望。

中午去就餐的路上,一座通体绿色的凯旋门擦身而过,恨不得即刻下车,哪怕站一分钟,拍一张照,也不算遗憾。好在去的餐馆不远,等菜的当

儿，我扭身步行去了几百米外的街头。

我边走边拍，时而注目，巍峨的身姿奇特的颜色激荡得心灵频频震颤。

除了暗红的大理石基座，整幢凯旋门通体葱绿，贴金的俄文字母更彰显了建筑的纯洁高贵。正反两面四根波纹状的罗马柱，两侧各两根。半圆的门洞，侧面筑成方屋。四座武士雕像置放在正反两边罗马柱之间，八个天使形雕像立在门顶两侧，门顶正中雕塑六匹骏马拉动着战车，威武的战神手持国徽驭马驰骋。罗马柱顶及穹门的上端都饰以浮雕，气氛雄武而神圣。

叫不出凯旋门的名号，因独特的通体绿装，名之绿色凯旋门不无恰当。咫尺之远，一幢两层的建筑物圆形的穹顶和大门及墙上的浮雕也呈鲜亮的绿色，凸显俄罗斯人多么讲究建筑风格的协调。

欲转身时白梦楠找了过来，他指了指凯旋门，莫斯科也有一座，都是为纪念一八一二年俄军战胜拿破仑兴建的。有趣的是，巴黎凯旋门也建于一八一二年，是拿破仑为纪念战胜奥俄联军的奥斯特利茨战役建造的。一场战争，三座凯旋门，统治者炫耀了功绩，民族铸造了荣誉，历史沉淀了艺术。这座气势不凡的凯旋门一直被视作圣彼得堡的象征。

那么冬宫呢？不只是圣彼得堡的象征，更是标志、代表、缩影甚至精髓。

无论从涅瓦河的游轮上，还是从街道上抑或广场上，冬宫的身姿都是那么威严、神圣，甚至隐约有几分霸气。

作为俄国最辉煌时期的沙皇宫殿，冬宫已被辟为国立艾尔米塔奇博物馆，与伦敦大英博物馆、巴黎卢浮宫和纽约大都会艺术博物馆，并称世界四大博物馆，但其馆藏之丰富几乎相当于其他三个博物馆的总和，仅油画一项就达二百七十多万件。如果一件艺术品看上一分钟，也得花上足足八年时间。我们只呆半天，走马观花也难窥其一二。

旅行车在离宫殿不远的紧邻涅瓦河的路边停下，白绿相间的三层凯瑟琳皇宫逼在眼前。厚重的青绿色墙面，由上下镏金花纹的白色圆柱支撑修饰，宽大的拱形窗户点缀镏金的窗花、天使头像以及各式花卉浮雕，檐顶布展古铜色雕像，屋顶花园的栏杆边矗立一座座青铜的塑像和花瓶，巴洛克式的雄伟气派、优美身姿、细腻质感，直让心神感叹得一脸庄严。

紧随人流步入宫殿，粗大的白色廊柱举起圆润的穹顶，阔大而深邃。地是黑白相间的菱形图案，廊柱顶上和穹顶都饰有各式花纹。一间一间的雕饰精美的大厅令人叹为观止，目不暇接。斑斓绚丽、晶莹剔透、金碧辉煌、五彩缤纷……无论用多么美妙的词语形容都显得轻薄，无法触及深层蕴含的气质和精美。

每个厅堂的装饰都不同，美妙绝伦的雕刻配以大型的天棚油画，仅彩色大理石和上等汉白玉筑就的建筑物就已经撼魄摇魂，更不用说摆设不尽的各式艺术品。看不完的名家油画，览不尽的金玉奇珍，叹不够的浮雕

壁毯,步步处处感触的都是皇家独有的奢侈和豪华。只能跟随人流行走,如果自己观览,真不知该往哪个方向走。对一个人来讲,一次观赏这么多的艺术珍品,纯粹是一种奢侈,无论多么伟大都是无法消化的。

孔雀厅、御座厅、黄金厅、水晶厅、勋章厅、将军走廊……宝石、碧玉、玛瑙、达·芬奇或拉斐尔的画、东方的瓷器和雕塑,太多太浩瀚,太美太经典,一路走下来,只留下眼花缭乱的概念。眼睛累了,大脑木了,身体疲了,精神如同浸泡在艺术酿造的蜜汁里,甜得醉意绵长,走出宫殿了,眼前仍觉得一派辉煌。

站在冬宫广场回望,三道拱形铁门,门上镀金的俄罗斯帝国双头鹰国徽依然生辉。广场四周,不同时代不同风格的建筑鳞次而列。广场中央高耸的亚历山大纪念柱巍然矗立,手持十字架的天使脚踩巨蛇傲然注视人间,撑起久远的俄罗斯民族精神。

悠闲的市民和游客随性地站坐走动,仿古的马车招揽着生意围绕广场绕行,年轻人则踩着轮滑飞驰起青春的神采。我们边走边停,人在车上车在路上了,仿佛心还浸润在冬宫华美建筑包裹的艺术氛围里。

绕不开雄才大略的彼得大帝。俄罗斯绕不开他,圣彼得堡绕不开他,夏宫绕不开他,冬宫一样绕不开他。他策马腾跃的英姿日夜屹立在冬宫附近的广场上。

十二月党人广场(原名元老院广场),后因塑起彼得大帝骑马铜像而称彼得广场。一路之隔是涅瓦河,南靠冬宫北临海军部大楼。东半部是阔大的草坪,周边栽植花木;西半部是大树相拥的林地,树冠稀疏处,金顶的圣伊萨基辅大教堂巍然。彼得大帝铜像坐落在广场东北部。硕大的花岗岩底座,骏马腾空如飞,后蹄踩踏巨蟒,彼得大帝目视前方手指大地,仿佛又要策马征伐。有人说,骏马象征俄罗斯,马踏毒蛇,则预示清除一切阻挠的雄心壮志。栩栩如生,气势如虹,强烈的艺术魅力冲击心魂,偌大的广场陡然爆发咄咄生气。

诗人普希金的长诗《青铜骑士》透放无尽激情：

高傲的骏马,你奔向何方?
你将在哪里停蹄?
啊！威武强悍的命运之王
你就如此在深渊之底
在高峰之巅,用铁索勒激起俄罗斯腾跃而上！

雕塑周边小青石铺地,等腰高的铁栅栏隔离了碎白色小花铺面的草坪,栅栏边沿一溜精心栽植的花卉,紫色和白色的鲜艳花朵点缀在绿草地边惹人喜爱,而黑色铁架举起的大盆花篮里更是五颜六色繁花如簇。走着走着,草地间的步道突然变成了沙路,向林地深处蜿蜒。树木大都合抱粗细,华冠的阴凉密实地遮挡住了炽热的阳光,而就在这么荫翳的树影下甚至树根边,花草依旧成长得无比茂盛,不余留丝毫的杂凑的斑驳的地皮。林间空阔的草坪并不是一色的绿草,而是饰以不同形状的花圃,色泽斑斓的花草描画出情趣盎然的图案。一路走过,时时处处都能感应出圣彼得堡人对生活的讲究,他们把环境质量已提高到艺术的高度。

一步之遥,就是气势恢宏的圣伊萨基辅大教堂。这座被视为俄罗斯晚期古典主义建筑精华的大教堂,与梵蒂冈的圣彼得大教堂、伦敦的圣保罗大教堂和佛罗伦萨的花之圣母大教堂,并称为世界四大教堂。

教堂地处十字路口中央,一路之隔的南北是两片广场绿地,东西则是街巷。环绕一周,总被粗大的深玫瑰色的花岗岩圆柱滞停脚步。略数一下,每边至少十六根,整座建筑共有一百一十二根,每根石柱高十七米直径两米,体积仅次于冬宫广场上的亚历山大柱,堪称世界上最大的教堂廊柱。

不仅如此,中间的宏大圆顶和四角的钟楼也用同样质地的圆石柱支撑,几座圆形建筑和谐分置,共同组成东正教传统的建筑风格。大圆顶和

小钟楼均敷金粉,远远望去熠熠生辉。据说整座教堂使用了四百公斤黄金,仅镏金大圆顶就用掉一百公斤,而且落成至今两百余年,从未重新镀过金。

从外观看,教堂总体构造和装饰凸显俄国建筑晚期古典特征,同时烙有文艺复兴和巴罗克艺术印记,建筑物外部采用的大量雕塑装饰,十分恰当地印证了这一点。四个方向的门廊上方雕有三角楣饰,建筑顶端有圣徒和天使雕像,巨大的门扇刻饰浮雕,均表现着福音全书中的故事情节。整座建筑上大大小小装饰了三百五十个雕像和浮雕,把整座教堂修饰得气质典雅,风度轩昂。几扇橡木铸就的大门,更增添无尽的神性和威严肃穆。

二次世界大战时,教堂跟城市一样伤痕累累满目疮痍,战后修复时特意留下了廊柱上的几处弹痕,用以昭示后人。每一个到此的游客,大都会趋身辨认,低声诵读旁边铜牌上雕刻的文字:这是在一九四一年~一九四四年德国法西斯发射的十四万八千四百七十八发炮弹中其中一发留下的罪证。

如今,这座可以容纳一点五万人的大教堂不再举行宗教活动,改成了艺术博物馆。因为时间原因,我们没有走进去。

越过西边的绿地,又是一处广场,沙皇尼古拉一世的骑马铜像傲然矗立。只见雕塑的骏马仅有两个支点,更显王者的威武气势。尼古拉一世在位三十年,曾因严酷镇压十二月党人起义而被赫尔岑称为"隆重地用绞刑架开始了统治"的沙皇。政权稳定后,他相继镇压了波兰争取民族独立的起义和匈牙利争取独立的起义,发动了对土耳其的战争,从而使当时的沙俄帝国获得了"欧洲宪兵"的称号。尽管他在历史上褒贬不一,俄罗斯人还是给他塑起了这座神武的骑马雕像,向着东方,向着神圣的圣伊萨基辅大教堂,仿佛预示着曾经残酷的灵魂要去经受神界纯净的洗礼。

俄罗斯人大都信仰东正教。早在沙皇时期,东正教的信仰已成为俄罗斯文化的本源,官方的东正教会成为沙皇俄国专制制度的精神支柱。

十月革命后,尽管东正教站在了苏维埃政权的对立面,许多教堂被关闭或毁坏,但直至如今,白金色十字架和葱头式圆顶的东正教堂仍然遍布于俄罗斯城乡,凝聚着信仰虔诚的东正教信徒。

喀山大教堂位于涅夫斯基大街上,九十四根科尼斯式圆形长柱支撑的半圆状长廊是其独特的外观。它的廊柱不像圣伊萨基辅大教堂的圆石柱那样表面十分光滑,而是刻出竖形的沟槽,表面呈灰色,乍看去,错以为是水泥浇铸的。除了半圆形的长廊,在正门和西门也是四排同样粗实的廊柱,仅南部没有设廊柱而是浑然的墙体。教堂中央突出一个穹顶,饰以绿色,只有最上的十字架闪出金光。这座历时十年完工的教堂,完全以古罗马圣彼得教堂为原本,因竣工后供奉俄罗斯最灵验的喀山圣母像而闻名遐迩。

喀山圣母像是俄罗斯人的宝贝,她带给俄罗斯人许多骄傲和荣耀,当然也伴有遗憾和痛苦。据说喀山圣母像曾经多次显灵,有记载的重大事件就有三次。第一次显灵于伊凡雷帝时期。在俄国人跟蒙古人的战争中,多次显灵致使蒙古大军不战而退。第二次显灵于俄法战争。当时俄国元帅库图佐夫在反攻前来到喀山教堂,在喀山圣母像前默祝祈祷,圣母托梦给库图佐夫,战场上将出现从没有过的寒流。结果,这次超强寒流致使拿破仑的军队不战而逃,沿途冻死过半,使库图佐夫一战成功。第三次显灵于第二次世界大战。当时,东正教教皇向喀山圣母像祈祷,圣母托梦给教皇说,一股强大的寒流即将再次来袭。结果,这次强大的寒流使德军坦克无法开动,飞机无法起飞,士兵的手无法扣动扳机,兵员冻饿大幅减员。有意思的是,喀山圣母像在每次显灵后都会消失。如今,喀山圣母像保存在美国的博物馆内,但俄罗斯人相信,一旦俄罗斯再次出现灾难,喀山圣母像将会再次显灵出现。

从正门进去,气氛仿如突然凝固了一般,异常宁静。挂在胸前的照相机始终没敢举起,里面禁止拍照。想一想,不要说闪光灯,哪怕是清脆的

快门声,都会破坏静默的环境。

空间很大,穹顶很高,灯光很暗,信徒很虔诚。靠左的地方一溜方形的柱子直立,仿如把一部分空间隔离得更觉神秘。在外面看时,灰色的廊柱和黄色的墙体给人一种岁月的沧桑感,谁知内里的奢华装饰和豪华布局却令人频频感叹。

这哪是一座教堂,分明是温馨的宫殿。

我不是东正教徒,也不是天主教徒,更不是基督徒,但内心里仍存无尽的敬重和真诚。我曾刻意寻找白梦楠告知的库图佐夫的墓碑和当年攻陷城市的市旗及钥匙,但因语言不通无法向礼拜参观的当地人打听,未能如愿。走出来后,还是绕过长长的廊道,站在了花园边两位俄国卫国战争的英雄库图佐夫和巴克莱德托得塑像前,注目良久,浮想无边。

站在这里东望,可以看到数颗洋葱头顶的基督复活大教堂。这座为纪念被刺身死的亚历山大二世而建的教堂,建筑风格与周边的古典式建筑物反差鲜明,远看去轮廓俊美,装饰艳丽,瓷面的葱头圆顶色彩斑斓,在阳光下闪烁神秘。

一步一停,步步迟缓。转身之间,两座教堂一前一后,似乎都在叙说我听不懂的语言,但我的心异常宁静,因她们的古雅,因她们的庄重。

圣彼得堡,短暂的旅程,从古典开始,到古典结束。

初识基辅

我必须谨慎,确认自己的感官认知,没有迷失在那个曾经发生过核泄漏的国度,那个名叫基辅的都城。

曾经读过一些书,看过图片和电影,听过议论和羡慕,多少人感叹俄罗斯美女如云。金发碧眼,肤白唇红,长腿细腰,丰乳翘臀,优雅端庄,妩媚张扬……俄罗斯姑娘的美既可以用最文雅也可以用最肉麻的语言形容。

于是,美国有了这样的俗谚:天堂是拿美国工资,娶俄罗斯妻子,住英国房子,吃中国饮食。

于是,委内瑞拉总统查维斯第一次访问俄罗斯就道出了全世界男人的心声:我以前觉得委内瑞拉女人好,可一见你们俄罗斯姑娘,才知道自己失去的太多。

于是,俄罗斯人自豪地说:姑娘是我们国家的财富,美女是我们国家的特产。

于是,全世界都为俄罗斯美女疯狂,多少男人梦想娶到俄罗斯新娘。

可是,人们忽略了乌克兰,人们的目光偏离了基辅,那里的美女不是如云,而是泛滥。

我的双脚刚落在基辅的大街,便心生纳闷,全世界的男人怎么都患了斜视症,猎艳的准星为何瞄歪到了邻近的俄罗斯。细一想恍悟,难道因为乌克兰与俄罗斯曾经同属苏联,人们的意识尚未细作区别,尽管已经分立,由于俄罗斯的疆域、人口、实力等综合影响远超乌克兰,以至于同样盛产美女,却把惹人垂涎的名号送给了俄罗斯,从而委屈甚至埋没了乌克兰。

俄罗斯幸运,乌克兰窝心,全世界男人悲哀,更可怜。

我们从莫斯科到圣彼得堡,在俄罗斯待了五天,饱览了俄国美女的仙姿丽影。乍到乌克兰,乍见基辅姑娘,更觉惊艳。如果说从丑见美反差大没有啥,可从美再见美又万分惊讶,足见后者的美多么绝艳迷人。

未出机场,同伴们的神情就开始不对了。眼神在穿制服的乌克兰姑娘身上游移,手推着行李车嘴里不忘嘀咕:乌克兰姑娘比俄罗斯姑娘还漂亮。瞧那身段,妖;看那眼睛,媚;还有皮肤,白;神态呢,雅……嘿,别流口水啊! 指不定。咋的? 能咋的,心痒呗!

接机的导游潘海明是名留学生,体格瘦弱却声若洪钟。依我们的要求,先去考察基辅郊区的恒通批发市场。拥簇的建筑异常简陋,看上去仿如临时搭建的连体棚屋,周边卫生状况也不理想,但人流如织,各色商品一应俱全,尤其看到众多的中国商人和中国商品,油然生出丝丝融洽感。但众人的心思似乎不在商品上,仿佛魂儿被接踵摩肩的美女迷乱了,脚步都显得有点迟钝。

潘海明或许看出了我们的神思,或许是接待经验的自然表露,调侃道:怎么样,是不是觉得基辅的美女太汹涌? 话音未落,已逗得众人哄然大笑,酸溜话抓耳挠心。

夜色渐落,朦胧中入住首相宫酒店。小巧的门面,内里宏大,俏丽的服务员笑融热情,荡漾满堂家的情调。电梯直通楼顶花园,花园与静雅的酒吧糅合,在暮色里传递温馨。我提着相机闲步花园,几个方向浏览一遍。视野里高楼不多,商业街灯火通明,照出一城繁华。主街道十分宽阔,中间是数行高直的杨树组成的林带,林带中间一条人行步道,边缘放置许多

长椅供行人歇息。行车道则在林带两边,车行在城市里,又像行驶在林地边。走着走着,林带就连接起了街上的草坪和花园。

基辅,跟俄罗斯的城市一样,到处是绿色,随处遇美女。

站在酒店门前,不必刻意捕捉,几乎每一个路过的女孩都是美女。身影飘逸,绰约多姿,仿佛街道是T型台,走过的姑娘是模特,我成了看呆的观众。昨日夜色模糊,眼福不过瘾,又起了个早,溜达到街上。天飘着雨丝,梳洗得空气阵阵清爽。街上行人少,偶尔一两个姑娘,雨中的步态如优美的韵律操,淡定从容,透放无尽高雅。那么一刹,我不仅看到了单纯的外在美丽,更感到了流淌在血液里的厚重文化。

我把感受说给潘海明,中国的成语秀外慧中,送给乌克兰姑娘最恰当。他点头,但还不够,她们确实既秀又慧,但这样形容好像割裂了什么,她们应该是秀与慧的结合体,聚集为气质,高于单纯的秀和慧,是高雅,或者说是高贵,是姿色被文化熏陶后煦育的精品。你不知道,乌克兰人从小就受文化艺术的熏陶,芭蕾、音乐、绘画、文学……当然还有导航灵魂的宗教。今天我们就去几处宗教场所,体会一下宗教对人气质的引导和启发。

一群没有宗教信仰的人,数日来频繁出入基督的教堂,我们是纯粹的游客,只为欣赏建筑、装饰和塑像,但每次走近和走进,心灵总会突然安静下来,那种环境那种气氛,润物细无声地安抚着身子净化着灵魂。

下车就是几座金顶,仅从教堂的大门,就可见这座教堂的讲究。三层,圆穹的门洞在正中,进去视野豁然,一条宽的步道,尽头又是金顶,侧旁也是,而且越走建筑越多,色彩越丰富,气氛越肃静。

彼切尔洞窟修道院,被信徒尊视为东欧宗教和文化中心。传说人一生如果能三次从刚才的大门通过,即可得到超度。第一次进入,神将赦免过去的一切罪孽和差错。第二次来,必须从自家门口一步一叩头地朝拜,以考验是否虔诚,当然也预示成功必须付出艰辛。身为东方的异教徒,一生能来一次基辅已属不易,要一步一磕头朝拜而来,恐怕得耗费一生时间。现实的不可能,用可能的虔诚精神弥补,或许也是对人生罪恶的救赎。

院落里祥和安宁,不管是游人还是礼拜者,脚步都是轻缓的,面容里流露的尽是纯真。与俄罗斯的几处教堂相比,这里的建筑更崇尚白色。刚才进来的大门,墙体呈浅蓝,面积很小的浅蓝,其余部分装饰了仿古壁画,圣父和天使召唤着尘世的信徒。窗棂周边,修饰白色的花纹浮雕,素雅而庄重。院内的几座教堂建筑,一个比一个通体呈现白色,只是窗棂周边配贴金黄的花边,圣像壁画描绘在了楼上突出的脊墙上,与金色的宝顶交相辉映。四层的钟楼也以白为主,只是最底一层呈黄色砖墙容貌,其上的砖墙被环绕周边的密实的白色圆柱遮挡得只剩了修饰的功能。白色圆柱看不出什么材质,层层立上去显得恰到好处,把一座钟楼托举得有了典雅的姿彩。院落中央一片面积不大的树林,环抱粗的大树绿意葱茏,早年的凉亭已被密匝的树冠完全覆盖,树荫相互连贯,成了供游人和圣徒歇息乘凉的天然凉亭。尽管树荫浓密,但树下的草圃依然青绿。广场铺以方砖,自然的色彩,不夺主建筑神圣的洁白。

除了著名的洞窟教堂,还有列别斯托夫救世主教堂、生灵降临教堂、圣母升天教堂。救世主教堂建于十一世纪,莫斯科的奠基人尤里即葬于此。据说高达近百米的钟楼位居欧洲所有教堂钟楼之首。修道院开设有博物馆和图书馆,藏有大量文物、名人字画,仅手抄善本书籍就达三千余册,其中两千本是单本的绝版书,在基辅发展历史上产生过深远的宗教和文化影响。

恰值周日,前来礼拜的信徒很多,一座教堂里拥满了人,几无插足立身之地,不少人淡定地站在门外的场院里祈祷。我们一群游人不是信徒,怀着好奇挤进大门,招引同样好奇的目光。真有点不好意思,退却是明智的。毕竟,我们只是远道的游客,他们眼里纯粹的异教徒,即便想感受一下礼拜的气氛,最好浅尝而止,哪怕退出来,也应缓缓而行。

神圣的地方,需要一颗安稳敬重的心。

一个长长的下坡,大石块铺路,缝隙里小草苗壮,把历史的脚步掩映在草叶里。拐弯,再拐弯,坡度时而很陡斜,有下冲的无助,好在道路边缘修筑了梯式步道,走上去,脚步立刻稳重。抬头望,一堵数十米的高墙,大树的枝叶紧贴着,之上就是刚才的教堂。一段碎石路,左拐,又是长长的下坡,一幢白墙绿顶金色葱头的建筑屹立。

洞窟教堂,朝着第聂伯河,源远流长。

从一个小门进去,光线突然幽暗,学着别人取一支蜡烛点着,前举而缓行。巷道十分狭窄,两个人交错通过必须侧身相挤。人挨人前行,没人言语,一旦有语言,即刻被轻轻的嘘声制止,唯恐惊吓了里面沉思的魂灵。脚步突然趋慢,前头的人侧身低头瞧看。木乃伊,一个,一排。很小的棺木,表层嵌玻璃,木乃伊全身裹满布条,烛影里只能看到干瘪的手,黑皱皱的,煞是惊魂。但我分明看到,虔诚的当地信徒们都要低头亲向木乃伊脸部的方位,以至于尘垢的玻璃上印满了鲜艳的唇印。视卫生如生命的西方信徒,面对信仰的圣物,如此义无反顾,仿佛冥冥之中他们相信上帝已为这些积垢的圣物杀了菌消了毒。

紧随人流走,速度异常缓慢,着急只是无奈。对我们而言,再多的圣物木乃伊,睹其一已经足够,心里虔诚着,不必低头亲吻祷祝,什么都有了。然而,想尽快走出去又不可能,巷道实在狭小,只好暗自默祷,短些吧,快些吧,还是阳光灿烂令人心爽。阿门!

洞窟教堂建于一〇五一年,地下有两条洞穴,相距四百米,分别向第聂伯河延伸,总长超过五百米。洞穴两壁上,各向里挖出高一米长两米的浅穴。最早的时候作为修道室,后来安放各个时代著名修道士的遗体,由于洞穴里气候环境特殊,安放的尸体自然风干成木乃伊,于是被视为奇迹,宣扬成神明力量的体现,修道院由此声名远播,引得当地一些名人死后也走进洞穴,至今保存了一百二十五具木乃伊。

一路上坡走出修道院,同伴被街边一溜售卖旅游纪念品的小商铺吸引,我则走向对面街心花园的雕塑。三个军人形象,两人英姿站立,一人坐地掩面抱膝,一条砖石路连起一块卧地的碑刻,不知是俄文还是乌克兰文,更不知刻字的意思,也难懂雕像的意义。周边围绕的草地上还有许多卧地的石碑,上面都刻有纪念性文字。瞧阵势,应该跟某场战争有关。

潘海明见我流连,走过来说,这是乌克兰为纪念二十世纪八十年代苏联入侵阿富汗的战争塑起的纪念碑。那场战争中,开往阿富汗的苏联军队以乌克兰人为主,当然战死的也多为乌克兰人。苏联解体后,乌克兰人依旧对战争时大量派遣乌克兰人去异国打仗耿耿于怀。建设这处纪念雕塑,最原初的思路是牢记历史,或许也能疗治曾经的心灵创伤。

纵观历史,基辅似乎一直与战争牵连,比如第二次世界大战,最大最为惨烈的包围战就发生在基辅。战争消耗了大量男人,以致乌克兰长久存在严重的男女比例失调。我问潘海明大致情况,他说目前的男女比例大约一百比一百五十,基辅等城市的女性比例可能更高,从而导致大量剩女无男人可嫁。

可惜,可怜,国色天香的美人无归属没婚姻,犹如鲜花缺少蜂恋蝶舞,岂不是人类资源的极度浪费? 那么美的人,竟然……替中国人遗憾。中国男女比例也失调,但恰恰相反,假如真能优势互补,未必不是对人类繁衍生息的贡献。

想跟潘海明当玩笑说,话到嘴边似觉不妥,身在肃穆的场合谈着沉重的话题,突然开这样的玩笑,未免轻佻甚至猥琐。

走吧,潘海明说,继续沉重一会儿,去看看卫国战争纪念馆,让残酷和死亡恐怖一下心魂,或许更加同情美丽的乌克兰姑娘。

仅仅一步之遥,视野豁然。近处林木葳蕤,远处山坡覆绿,河水盈波,楼群林立,一座擎天的雕塑巍然,连接起天地灵魂。宽阔的石块路,微下坡,在山林草地间前伸。巨大的灰色雕塑,接二连三,犹如敦实的建筑结构,五星和文字篆刻其上,彰显雄壮的精神。建构内的墙体上雕刻军人浮

雕,吆喝前行,向着战火和胜利。浮雕的建构自然形成大门的状态,穿行过去就是阔大的广场。两端垒砌水池,池上筑起几座黑色群雕,黑白相间的地面中央停放两辆相向的坦克,火炮直指蓝天。一手举剑,一手持盾的乌克兰母亲雕像高耸,目光炯炯地护佑着丰饶的大地英雄的子民。

母亲雕像脚下,就是卫国战争纪念馆。馆分三层,最上为观景台,下为展馆。跟我们国内许多战争纪念馆不同,这里的布展更具有现场真实感。坠毁的飞机残骸,集中营生活场景,纳粹处死犯人的碎尸机,报废的摩托车,军人的战争用品等,面对一个个布置讲究的展室,心脏时常抽搐,过往的战争惨烈残酷撼动魂魄,抗击侵略拒绝占领不惧蹂躏的精神激动身心。目光所及,如同触摸曾经烈焰熊熊泪水涟涟的生活,仿佛端放的一只玻璃杯都幻生着火样的激情,那一枚枚染灰蒙尘的徽章,映闪着张张稚气未脱的笑脸。脚步无声,游客很少,但总感觉满厅满室都是人影,步履匆匆地奔向旗帜飘扬的地方。乌拉,乌拉,纳粹的雄鹰徽标已断成两截,狼狈地躺在冰冷的石堆上,再也无法展翅飞高。

一段疯狂的考问人性的惨痛历史已经沉落,与无数的无辜苍生一起,隐没在时光的长河里。

展室空间很大,仿如源远流长的历史没有尽头。隔不太远,有工作人员监守,解说员曾提醒不要拍照,但看到有些游客情不自禁地举起相机,工作人员并未制止,我也尝试着拍了几张。我想,带回国内,将照片放在网络上,让更多的不能前来基辅一睹其原相的国人看看,真实地记住那段惨绝的历史,树起我和平崛起的民族精神,挺起脊梁屹立东方。

展馆外的场地上,有规则地置放着大量的退役飞机、坦克,甚至导弹模型。应该是苏联时期的作品。许多基辅人带着孩子在其间穿梭,孩子们天生的好奇在这里无限地放大,面对毁灭性的武器装备,不时发出欢快的笑声。我不知道,这种和平时期的熏陶意味着什么,会是一种单纯的率性的娱乐吗?

即使没有潜移尚武的种子，是否能默化出和平的信仰？

走出展馆，我的思绪仍在杞人忧天。

历史与美女并存的城市

旅行车驶进老城，停在一处广场边。身边的米哈伊尔教堂金光耀眼，远处的索菲亚大教堂身姿巍然。

怎么又看教堂？同伴皱眉。潘海明神色庄肃，大家有没有觉得刚去的二战纪念馆悲惨而血腥，再走一遭教堂，心神会洗礼般纯实安静。然后指了指远处，那座索菲亚大教堂建于十一世纪，典型的巴洛克式风格，钟楼高四层，墙体蓝白色图饰，葱头金顶。教堂主体以白为主，中间宝顶为金色葱头，四周几座则为深绿色葱头。这座米哈伊尔教堂建于十八世纪，纯粹的乌克兰民族风格，钟楼高三层，浅蓝加白底的墙体，葱头金顶。教堂主体以蓝为主基调，立柱饰以纯白，贴于墙体，看上去支撑作用不大，反以修饰为主。建筑上的数个葱头宝顶皆呈金色，而每扇窗户上和墙顶也饰有许多金色浮雕。

我挪步一边，被广场上三座汉白玉人物雕塑吸引，同伴也相应跟来。潘海明神色尴尬而不悦，但依然专业地介绍雕塑的几位历史人物，语气脆爽兴趣盎然，浓墨重彩泼洒在两位基辅女大公奥尔加和圣安德烈身上。

对乌克兰历史我不是很熟悉，这两个基辅女大公更不了解，只是听潘海明介绍后，才猛然想起曾看过的有关拜占庭的历史资料书上提到过与乌克兰的一段故事，回来再重翻资料，找到这么一段记载：九七五年，基辅

女大公奥尔加前往君士坦丁堡拜访拜占庭皇帝,皇帝对她一见倾心,愿与她共同治理帝国。奥尔加不便回绝,婉转称她是一名异教徒,如果皇帝亲自为她施行洗礼,她愿意信奉基督教。于是,拜占庭皇帝和东正教牧首一起为奥尔加施了洗礼。之后,皇帝重提婚事,奥尔加却说:"你既然亲自为我施洗礼并称我为你的女儿,怎么可以娶我为妻呢? 你肯定知道,这是不符合基督教教规的。"闻听此言,皇帝大呼上当,后悔不已。

一个历史小故事,凸显了奥尔加的聪慧过人。而我更想,奥尔加不只是聪慧,肯定美艳动人。假如没有闭月羞花的容貌倾国倾城的气质,怎能令皇帝一见倾心折腰求婚? 英雄难过美人关,秀外才是罪魁祸首,慧中只是锦上添花。

走去米哈伊尔教堂的路上,我的目光常常被擦身而过的美女赚取,仿佛她们身上都闪烁着奥尔加的影子。谁敢否认,她们不能成为当今的奥尔加?

站在肃穆的礼拜堂,我的心绪依旧没有摆脱奥尔加。我的灵魂不忌讳教堂氛围的拘束,思绪的天马行空也不会受到上帝的责难。

对我而言,美女千姿百态千娇百媚,养眼润心,百看不厌;教堂则千人一面千古一辙,去哪一座教堂浏览参观不都一样? 教堂外在表征的类同,总把我的兴趣导向内里的隐秘和历史的迷蒙。假如对比米哈伊尔和索菲亚两座教堂,我宁愿去索菲亚,这座为庆祝俄罗斯军队战胜突厥人和颂扬基督教而修建的教堂,如今陈列着许多考古文物和建筑模型,其中基辅十世纪的全景模型展出了被蒙古人破坏前的基辅市貌,历史和文化底蕴极其深厚。

有意思的是,从米哈伊尔主教堂出来,猛然被旁边一座建筑物停滞了脚步。显然是教堂的组成部分,看上去如同现今的礼堂,墙体纯白,屋顶黑瓦覆脊,前端耸立白底黑葱头的塔楼,风格与近在咫尺的主教堂迥异。我没有走进去,更不知道允不允许参观,只是看到有当地人进进出出。

还是去街上看美女吧,教堂的气氛太压抑了。我跟潘海明开玩笑。他诡异地笑笑,手一挥,朝米哈伊尔教堂后门走去。

一个下坡,迎面是乌克兰外交部。巨大的石柱支撑起纯白的气度不凡的建筑,楼不高,六层,规模不大,却有气势和威严。乌克兰国旗和欧盟旗帜悬垂在白色立柱上,极度彰显还未被欧盟接纳的乌克兰企图融入欧洲的决心和迫切感。为了这一步,俄罗斯与乌克兰的关系以及与欧盟的关系都要产生不可预知的影响,未来的格局会向哪个方向发展,变数多端,但关系缓和、和平和谐却是大多数民众的希求。

乌克兰外交部介于基辅老城的上城和下城交汇处,位置奇巧,一直被视为敏感地带。上城地势高,下城地势低,高低落差一目了然。历史上的古罗斯时代,下城居住的大都是手工业者和小商贩,城市低层居民的住所正应合了区位的相异和地势的高低。身份与地势谐应,难道是上帝的旨意?

沿林荫浓郁的街道步行,前方闪现一座蓝白墙体蓝顶葱头的教堂,柏油路陡然转成小方石块铺就的古街,一个大斜坡,尽显几许沧桑。与外交部周边比,差异犹如天壤,不仅街衢破旧,而且垃圾遍地。沿斜坡而下,两边摆满摊档,琳琅的民族工艺品和纪念品,尤其风格参差的油画,悬挂在街边的铁栅栏上,如一条古色古香的艺术长廊。游人不多,驻足问价选购的更少,更多的人走进教堂或如我等拍照留影到此一游。

沉淀了基辅厚重历史的古老文化街,曾经的辉煌如何与现代生活融合而流芳,确实是许多此类旧城共同面对需要破解的难题。尽管街道已按原貌修复,曾经的手工艺作坊和艺术沙龙也回到了故地,但历史毕竟走到了今天,新的时代有新的思潮新的文化新的审美和文化需求,现实是最有活力的,传统的延续如果不注入新鲜的因子,最终的结局或许只能沉淀为缺乏生命力的历史。但我记住了这座名叫安德烈的教堂,记住了这条因教堂而得名的古老的安德烈斜坡。我看到,许多年轻的基辅人来到这里,现代文明熏陶下的一代代人,走过这条斜坡,难道不是因为感慕古文化的力量? 他们的血液里流淌着祖先的精神,他们的意识里感知着祖先的文明,这就是民族最好的延续。

　　路旁树荫下，一座青铜雕像吸引众多的游客纷纷照相，尤其是年轻的女性。雕像按成人比例真实再现求婚的瞬间。英俊的男青年单腿跪地，右手持握二十世纪西方男士惯用的手杖，左手托住身前美丽姑娘的左手，面露无限真诚和渴望。幸福的姑娘盛装傲立，目视前方，仿佛看到了无限幸福与美好。她右手撩裙，脚步趋前，似有欲走还留的羞涩与犹豫，但满脸喜色又掩饰些许高傲的气质。

　　每一个留影的女性都满脸喜色，或许留影的刹那也在回味着曾经的幸福时刻，抑或憧憬未来的惊喜瞬间，美妙的心理溢成灿烂的笑容。有人说，这座雕塑的主人翁是诗人普希金和他貌美无比的妻子娜塔丽娅，但不管谁为原型，这座充满爱情诗意的雕塑一直带给游人无尽的欢悦，即便不远万里而来的我们，更对基辅增添了新一层好印象。

　　但吸引我的并不是诱人遐想的雕像，而是一拨拨摆姿拍照的年轻貌美的乌克兰姑娘。看那身段，看那脸蛋，看那气质，比雕像真实，比雕像亲切，比雕像撩人。真美，美得不能不多看几眼，无法不被吸引，甚至害怕会是虚拟的幻影。然而，眨不眨眼睛，面前的美都是触手可及的真实。当然，不能触手，只可饱尝眼福。而且，不必担心她们离去，因为每一个姑娘都那么端庄美丽，每一拨身影都那么优雅迷人。

　　返回宾馆，意犹未尽，一个人身挂相机逛上街。从商业街到基辅大学，移步见美，惊奇不断，频生连绵感叹。整洁的环境，讲究的绿化，独特的建筑，都装进了我的相机，当然更多是步步可遇的美女。不必刻意，不须搜寻，只要往街头一站，走过来的每一个年轻女性都令人惊艳。

　　乌克兰姑娘，美是一种普遍，她们的司空见惯，于我是无限的羡慕。外表的美丽，隐露高贵典雅，内在的质性美更打动人，惹人心舒意乱。

　　往前看，不必回头，因为不会有遗憾，正面的形象个个沉鱼落雁，何必从背影回味瞬间的震撼。

　　基辅，美女泛滥的城市，让我趋向老花的眼睛更加缭乱。

第四辑

吸血鬼没有走远

不一样的路

　　罗马尼亚很远又很近，远在山遥水迢的欧洲，近在飞机数小时即可到达；远得历史悠远神秘模糊，近得二十世纪的东欧剧变时政权一夜更替，留给世人无限思辨。走近和走进，都感觉有许多东西莫名的神妙。

　　凌晨五点起床，赶乘七点多的飞机从基辅去布加勒斯特。

　　漆黑的室外朦胧出城市苏醒的节律，人的意识也是朦胧，在车的颠簸中慢慢苏醒。大地一样朦胧，透过云层渐渐清晰出罗马尼亚的村镇田园河流。相比于俄罗斯和乌克兰，罗马尼亚的村镇更多地沿公路构建，红蓝色为主基调的屋顶在连绵的田园和林地间点缀出童话般的意境。

　　入境手续不是很麻烦，当地的华人华侨热情地赶到机场迎接我们，落地之时在异国听到熟悉温馨的乡音，彼此间都增添了几分亲切，体验了宾至如归的欣慰。从机场到市区，满眼的绿色，森林、草地、田园交错，色彩艳丽的民居杂陈其间，如果不是越来越多的楼房和街道，真感觉不到已进入了人口密集的都市。

　　太阳当头，但分不清东西南北，只觉得布加勒斯特的街道直少曲多，旅行车走过几个街道后，人便没了方向感。这样也好，注意力尽可投放在陌生的街景上。街道边士兵一样列队一棵棵参天的合抱粗的大树，粗壮的树干密实的树冠渐渐集聚成茂盛的森林，感觉比莫斯科和基辅的绿化还要纯粹天然。即便进入更老些的市区，街边的绿化一样醉眼养心。

突然，车子不停颠簸起来，粗糙的摩擦声伴和调皮式的颠跳。心里不由纳闷，如此国都，怎么还有这般烂差的路面。感觉到大家的疑惑，去机场接我们的当地华人金先生起身解释，这段街道是用碎石条铺就的，已经几百年了，为了留存城市发展的历史，一直保存至今，而且，像这样的路面，这座城市里还有不少，尤其是更具历史意义的老城区和一些小广场，虽然这样的路面已不适应现代汽车交通的需要，近些年来也改造了一些主要干道的路面，但大部分的路面仍然保留原貌，重视文化传承的罗马尼亚人宁愿颠簸在这样的路面上，也不愿隔断更不忍铲除维系着民族文化生命绵延的见证物。

一番解说，引得同伴们纷纷看向窗外。其实路面很宽，一色的青石块，铺筑得规范齐整，而又错落讲究，甚至可以清晰地辨别出刻意摆设的拼缀图案，仿如巧心铺就的石质地毯，每一条石缝都透出无尽的巧妙和精致。

非常精致，无比精致。车轮碾过，扇形的图案纷飞变幻，如同行驶在开屏的孔雀羽翼上，仿佛乘坐古老的马车穿越了时间隧道。

虽然车子颠簸得肉跳心惊，但念及布加勒斯特人对历史和文化的尊重，心里油然泛起无限的敬佩和尊崇。初进布加勒斯特，仿若感受到了进入歌舞厅的振奋，难怪这座城市要被称作"欢乐之城"了。

驶入老市区，街道猛然狭窄了许多，但建筑的特色鲜明，一幢幢彼此相邻的楼房，风格和形式各具特色，造型和色彩百花齐放，尤其是外表的修饰更显特立独行，令人眼花而目不暇接。

几百年来，罗马尼亚遭受过奥匈帝国、拜占庭帝国、俄国沙皇以及纳粹德国的侵扰和控制，不同民族文化和建筑艺术在这里驻足、碰撞而落地生根，成就了布加勒斯特城市建筑的五彩缤纷。一路走过，精美的各式雕塑把灰旧的墙体修饰得活力四射，门框窗框的钩镂、房檐廊柱的雕饰、屋顶瓦当的造型、铁门栅栏甚至灯柱灯罩的式样，无不体现高超的匠心，而图案的精美和雕饰的精细，更使每一幢建筑整体得到了圆满的美感。

一段旧街道承载了一段历史,一座古建筑雕刻了一段历史,一个事件记载了一段历史,每一段历史都赋予一个城市一个国家不同的特色和意义。历史比街道漫长,历史比建筑久远,沧海桑田,孤立的物和事延续了残缺和辉煌。

如今的布加勒斯特,越来越多的华人参与了一段新历史的创造。

时间尚早,金先生等几位华侨华人邀请我们去他们经商的市场参观考察。近些年来,罗马尼亚政局相对稳定,经济发展环境良好,充满难得的经商机遇。不少中国商人试探性地走进罗马尼亚,渐渐打开局面,站稳脚跟,把质优价廉的中国商品销售到东欧,慢慢扩大了中国制造的影响力和市场占有率。

这两年,更多的中国商人来到布加勒斯特,年龄结构趋向年轻化。我们今天考察的建材市场,虽然整体环境不是很好,但规模很大,中国商人和中国产品时有所见,并且随着质价的竞争优势愈趋明显,市场占有规模会不断扩大。特别是陶瓷类建材,主要竞争对手是西班牙产品,中国产品

不仅质量越来越好，更大优势是价格相对便宜，深得当地人喜爱。我们仔细查看了几个商铺的木门和铁门类商品，对比而言，大部分产品的质量和式样在国内只能算中游甚至更低端，但在罗马尼亚一直销售火热，由此可见罗马尼亚人的消费水平处于中端向高端过渡的阶段，正应合了如今中国商品普遍所处的发展层位。当然，应该随着发展适当超前地向前看，适时提高中国商品的质量，有步骤地往高端发展，以求更加有力地占领东欧未来更广阔的消费市场。

站稳脚跟后，中国年轻一代的华侨华人稳扎稳打，开始逐步由商品销售向更广更大领域拓展。带着我们参观的金先生来自北京，年轻干练，十来年工夫，从进出口贸易起步，积累相当的财富后，今年在布加勒斯特城边的开发区购置了一块土地，规划建设一座上规模有档次的建材城，吸引更多的中国商人进入罗马尼亚市场。我们一行人驱车察看了那块正在开发的土地。一路上，一座座崭新的大型的购物中心和商贸城、工业厂房排列开去，布加勒斯特把新产业和大型商城都布局在了郊区一带，在旷荡的原野上新兴起现代化的城区，这里的发展空间异常广阔，舞台正在搭起，相信聪明勤劳的新生代中国商人会在这里大显身手，谱写出华人创业的新乐章。

言谈眉宇间，能感受到金先生对自己奋斗业绩的无限自豪，更体会出他对未来的信心。身处异国他乡，闯荡出一片辉煌天地，确实不易。生活在别处，艰辛后的幸福，生活自身没有神秘，幸福的密码藏在奋争中，有追求就有快乐。我对他们心怀敬意。

我们下榻在罗马尼亚共和国宫附近的万豪酒店。酒店规模宏大，一身白装，与一路之隔绿地广大的共和国宫遥相呼应，整个空间和建筑风格异常和谐，使附近的城市格局凸显令人心舒的大气。金先生说，当年胡锦涛和吴邦国分别访问罗马尼亚时，都选择这里落脚休息。

热情的金先生等华人在酒店的西餐厅宴请我们。乍一进去颇感惊

第四辑 吸血鬼没有走远

奇,在这座富丽堂皇的五星级酒店里,想不到竟然装饰出如此古朴的西餐厅来。红砖的墙体,仿古的巨大壁炉,木质的不规则的房顶,传统的窗户模型,原木的桌椅,各式各样的民族饰品,农村家居的日常生活用品,农耕用具,或挂或摆,巧妙地点缀在餐室的角角落落。身处其中,完全有走进农家居屋乡村民宅的恍惚感。待一会儿,起初的新奇渐渐演进成温心暖意的亲切,恰如回归家园的舒服,好像举手投足的动作都自自然然起来,真好!

一步之遥就是罗马尼亚的政治心脏共和国宫。这座整体规模仅次于美国五角大楼的庞大建筑,无论从空中俯瞰,还是从不远处直观,都会被其恢宏体积支撑起的雄伟气势震撼。

迄今为止,它已赢得三项世界吉尼斯纪录:世界上最大的民事行政管理建筑、最昂贵的办公建筑和难度最大的建筑。据说仅地下深度即达九十二米,不知是否埋藏了什么宝贝,但灰色调的外观,映衬得敦实的形体有点呆板。

最初,这里是罗马尼亚王国的王宫。二战后,罗马尼亚建立起社会主义制度,这里成为国务委员会的办公地点。齐奥塞斯库当政时,一直是中央政府所在地,相当于中国的人民大会堂,几乎所有的重要会议和正式宴会都在这里举行。后来经过不断扩建,不仅有政府办公场所、会议大厅,还有艺术博物馆。齐奥塞斯库时曾命名人民宫,当然人民是进不去的。现如今有秩序地对民众开放,我们有幸享受了国民待遇。

简单地办了一下手续,每个人胸挂临时证件,新奇而激动地走进了这座庞鸿而神秘的宫殿。气势,依旧是气势,内里如同外观一样令人感叹。我们先到其中的一个会议厅,半圆形结构,两层,面积不大,但富丽气派。一层是常规的座椅,二层则是一个个小包厢,之间矗立从底到顶的巨大柱子。穹顶悬挂晶莹炫目的大吊灯,周边巧饰花纹。整体感觉,就是一座超豪华的小剧院。

走出来，一条条的长廊，一个个的大厅，一组组的雕饰，每一处的柱子样式都不同，每一间的房顶格式都异样，每一个雕饰的花纹都独具特色。大部分的大厅都是空的，曾经的地毯也被卷在墙边，好像物与事在某一点上都被隔断了。好在，带领我们参观的宫殿工作人员提醒，让我们走到前面一个大厅时安静点，因为里面正召开国民会议的一个特别会议。是了，历史在某一时点的转折后，最多看上去变了花样，实质上是换汤不换药地继续蠕行，一处的静止般的冷清其实在另一处正演幻得火热。惊讶的事情不必惊讶，奇怪的问题不再觉得奇怪，历史的本质也就会显现出来了。走过那扇巨大的门前时，我们一行人不约而同地站在一起合了个影。不管身后的大门里正商讨议论着什么大事，于我们游人而言，这一举动隐含了说不清的象征。

罢罢，还是继续感叹这座恢宏的建筑吧！

从二楼的东门出来，高耸的平台穹顶和粗大立柱令人不由想起北京人民大会堂的东门和立柱，只是这里的穹顶雕花和柱顶及墙体上端的浮雕更精美更典雅更大气。不是风格，而是独有，精致得多看几眼都仍然觉得遗憾，遗憾我们的没有。再不同的，站在这里前望的视野更广阔遥远，近处是宽敞的绿地，远处是广场规模的停车场，再远是一条宽阔的笔直的车流不息绿树如荫的社会主义大道，通向无尽的未来一般，看不到尽头。两座风格相同规格一致的建筑分立广场和大道两边，更把这一座宫殿衬托得大气磅礴。

任何道路都不可能永远平坦，既然选择，脚步必须坚定。不论是一个国家，一个民族，还是闯荡在布加勒斯特的年轻华人。进退和延续，都在创造最好最风光的生活。

一朵厚重的乌云眨眼间遮住了太阳，大地一片暗影。抬头看，阳光透过云层边缘放射出万道银光，如无数支利刃般的光束刺破乌云，重新把万物丰茂的大地照亮。

别人的王宫

逐鹿中原是中国历史的映照，不曾想罗马尼亚人也一样钟情。雄居中部的喀尔巴阡山自古兵家必争，又因其峰峦峻秀林郁草盛气候宜人而成皇家休闲避暑胜地。那里的小城锡纳亚和历史名城布拉索夫，遗留了众多的古迹；"林中空地"波亚那风光旖旎，堪称罗马尼亚最美的地方。

出布加勒斯特去往中部的喀尔巴阡山区，全程没有高速公路，但道路很宽路面很平坦，加上车辆不多而且行驶规矩，车速始终很快。

城市的楼房隐入浓郁的绿色里，城郊的平房更被绿荫环抱。越走越

葱绿,一会儿是大片的农田,一会儿是茂密的森林,偶尔路过村庄,挨着公路两边,一幢房子一个小院,房子建得精巧,红或蓝的屋顶,墙体粉刷各色鲜艳的油彩,掩映在绿色里异常惹眼。小院大多以木栅栏相围,栅栏的木条齐整,高矮一线,色彩各异。院里要么植草,要么种菜,要么支起藤架,瓜果菜蔬坠满棚架铺满小园。但无论哪个小院,花是少不了的,而且几乎每家每户的阳台窗台或摆或挂,都是盆花,真是姹紫嫣红,五彩斑斓。细瞧去,花盆选得讲究,吊绳选得讲究,吊起的位置更讲究,相信每一盆花都倾注了主人的匠心,足见罗马尼亚农村人对生活环境的重视和追求高质量生活的努力。

森林真多,密实实的,粗大的树林低矮的灌木交织,步行的话恐怕很难走进去。虽然近在城镇,但与原始森林何异？旅行车奔驰在林区公路上,两边的树仿如要挤压过来一般,天空只余窄窄的一条线,如果不从林地里穿过,这条公路不知道要绕行多远。如今,在中国的任何一片平原,再也找不到这样大片丰茂而近乎原始的森林了。很难明确森林的面积有多大,只感到车子要走很长时间才能穿过。而且,这样的森林不是一处,一路上不知穿越了多少。

森林和农田的交替往往是戛然而止,齐刷刷的没有任何参差,仿如被人切割了一般。农田更显旷远无际,旷远得绵延到绿色隐约的山地,无际得铺展到云朵飘逸的天边。经常是一种农作物望不到边际。小麦和玉米为主。玉米正青,小麦已黄,大地如铺一层金,看一眼都是满心的喜悦。但金色常常不纯,除了茂盛的野草,更多的是紫莹莹的薰衣草,不少的麦田里紫色盖过金黄,小麦的世界被薰衣草侵占。

起初,同伴怀疑,为什么两种作物要一起种植,导游刘芳适时解释,薰衣草完全是野生。这也罢了,毕竟薰衣草还可利用,但疯长的野草掠夺了田力淹没了小麦,为什么农民不予清除？假如搁在中国,别说成片,哪怕几棵杂草,农民们也要精心地从小麦苗地里拔除,怎能忍心让野草这样

第四辑 吸血鬼没有走远

肆虐,如果谁家的麦田里这般景象,不被人骂成作孽,起码也被视为懒汉。没办法,这里不是中国,国情不同,耕田种地的理念也迥异。相对丰沃广阔的良田,人口的少决定了这里的农民不必像中国农民那样在越来越少的而且相对贫瘠的土地上如绣花般精耕细作,他们这样耕作已经够吃,已经能满足社会经济发展的需要。仔细观察,我又发现,这里的小麦播种得异常稠密,以至于棵体非常矮小,麦穗也短细,这样的小麦,产量绝对不会高到哪里去。这时候,我甚至开始怀疑这里的农民会不会种地,难道,他们把种子胡乱地撒进田里后,就再也不管理了? 任凭天收了? 这样做农民,真比在城市当产业工人轻松舒坦得多。

走出城市看到罗马尼亚农村的第一个印象,真不知是羡慕这里的农民还是看不起他们。后来,我用中国的一个成语概括了这一现象:广种薄收。这不由让我联想起昨天在飞机上的感受,目力所及尽是平展的原野,低矮的山地也是林茂草盛,哪像中国不是高山峻岭,就是荒漠戈壁,难道因为他们信仰基督,上帝才如此偏心?

不经意间开始进入山区,先是沿山脚走,进而山沟,然后爬坡。视野渐渐被局限。山上的树木由小到大,越来越森严。间或,有一块坡地疯满绿草,点缀在浓密的林地间,煞是有趣。过一个山头,再过一个山头,平展翠柔的草地越来越多,越来越广阔,绿波起伏,惹人爱怜。

这里就是南喀尔巴阡山区了。

偶尔,几座黄墙红瓦尖顶回廊的小楼房,错落有致地嵌在林地和草场间。一群羊,还有牛,花花绿绿的,闲适地吃草,整个世界立刻活泼得欢闹。再远处的山脚边,一个村子,也是红顶的屋,只是远得有点虚幻,虚幻得好像童话里的积木,闪动着调皮,调皮得溢放无尽的浪漫。

草地更宽广了。实际上,这里的海拔已经很高,应该归于高山草原了。山坡上的林地间露出更多的草场,似乎林木疏朗了许多。行走间,有了中国东北呼伦贝尔草原风貌的感觉,当然没有那么大的草原,而山间草场和林地营造的景致，却无大的差异。这样走了一段时间，重又进入稠密的山林里，爬坡、拐弯，绕行在山里。树以松为主，粗直高耸，棵棵好材。

突然有了连片的房子，在山林里，在路边的坡地上，一幢幢的，间或连成小片，都各具风格，又感觉积满了历史的痕迹。原来，我们到了今天的第一个目的地，有着三百多年历史的美丽小城锡纳亚。

锡纳亚夏天可避暑，冬天可滑雪，是罗马尼亚著名的旅游度假休闲胜地。过去罗马尼亚国王的夏宫就修建于此，因位于佩雷什河谷，故被称为佩雷什宫。实际上，这一块山地里不止这一座宫殿。

话说一八五九年，摩尔多瓦公国和罗马尼亚公国统一成罗马尼亚联合王国，为调和矛盾，避免内乱，国务会议作出决定，请德国亲王卡洛尔当罗马尼亚的国王。这样的事搁在中国，恐怕无人能容忍，绝不可能发生。试想，请一个外国人到泱泱中央大国当大唐或大明的皇帝，让一个外人做中华的主子，如何能过得了民族情感这道坎？好在，当时欧洲各国的皇族大都相互通婚，许多国家的皇室其实都是亲戚，请别国的亲王当政，实际上是请亲戚来当家。在民主不兴的皇权时期，这种事情实属正常。

且不说卡洛尔当政罗马尼亚政绩如何（按当今时髦语），依当时的皇权高度集中，他当政不久即请来德国的建筑师设计建造佩雷什宫（这不是反复地欺负罗马尼亚没有能人吗），以供他及家人享受盛夏。之后，这里作为历代皇族避暑胜地，几乎每一代国王都会积玉堆金苦心经营，终于成就一座被人誉为堪与巴黎卢浮宫媲美的艺术之宫。

距此不远，卡洛尔的继子建造了一座小雷列什宫。后来，他的孙子卡洛尔二世又建了一座行宫，称为费伊绍尔狩猎宫。齐奥塞斯库当政时期，曾经进行过改建装修，作为他的夏宫，但他从来没有到此居住过，如今成为专门接待政府贵宾的场所。

一个国家的风俗，无不受权力的左右，即便建筑物，也被权力肆意奴役。佩雷什宫的主人是德国人，风格完全德国。到了二十世纪，首都布加

勒斯特的新建筑完全转向了俄罗斯风格，包括民众的生活方式。如今，再一次倾向了西方。将来，注定还要摇摆，可惜自己传统的东西，被渐渐边缘，零碎得成为怀念的景点。

突然落起雨来。山里的天气孩子的脸，说变就变。雨虽不大，空气已湿漉漉的，有点凉意，没有备雨具的我们躲在旅行车里看水汽迷蒙的山野。柏油路穿越山林，间或一幢房屋，看上去都有了历史，静静地端坐深林里。瓦脊上积一层锈迹，斑驳得如苍老的容颜，但墙体都刷得洁白或米黄，新的一般。雨略停，我们走进林道，走向曾经的皇族行宫。先到小雷列什宫，不及停留，从它的侧面绕过，一条山林与草坡间的石块铺就的小路，来到佩雷什宫前。

没有围墙，好像也没有铁丝网，窗户上同样清清爽爽，丝毫不设防，大大方方敞敞亮亮地端坐在绿树婆娑花草葳蕤的大自然里，每一个人都可以自由走近。没有盗贼还是他们从不担心盗贼？联想到我们国内住在楼房上还要铸成铁笼子，既感不解又觉羞愧。国宝级的一座古建筑，如此敞开胸怀，与他们请外国人当自己的国王一样，令习惯了大国心态和封闭心理的多数中国人无法想象。

佩雷什宫规模不大，主体大致三层，加上阁楼不过四层，尖顶的钟楼和一端两座尖塔直刺云霄，带出一种傲然气势。黑色屋脊，白色墙体，窗沿廊柱和墙拐的石条则呈黄色，三层的建筑材料像木质的，地基则是条石。二楼中间部分有带立柱的走廊，建筑中间留有天井，内里的墙体上绘着彩色壁画。整体建筑看上去华贵庄严，尽情体现着德国文艺复兴时期的风格，为典型的哥特式宫殿。宫殿前开设大理石铺地的平台，中央设水池。平台边缘和沉降式的楼前花园里遍置石雕，人物、动物、瓜果诸种，而以人物为主，千姿百态，栩栩如生。

这且只是外观，真正体现这座宫殿价值的，是内里的陈设和收藏。总共一百六十间房屋的宫殿，设有兵器厅、议事厅、办公室、音乐厅、宴会厅、小剧场、卧室、起居室等，体现了德、英、意、土耳其等不同国家的装饰风格。

游客络绎不绝，入内只有一个小门，一批出来一批才能进去，而且没有排队，嗡嗡挤挤地相拥在一起，甚至发生争吵，这与常听说的欧洲人如何文明相差太远，曾经的美好印象立刻被眼前的现实击打得粉碎。后来又想，这里毕竟是东欧，曾经的印象应该是被资本主义腐蚀下的西欧人吧！

罢罢，别扯太远了，反正我们已经被挤进来了。

每个人都要穿上预备好的鞋套，进去后才知地上全是精美华贵的地毯。我等游人不是当年的皇族，脚底带泥，不能玷污了曾经的皇家高贵的地毯。还有，不能随意照相，几位鹰眼的中年婆娘目不转睛地盯着屈指可数的每一拨游人，一旦有犯规者立刻制止并瞪以白眼，如果再犯恐怕要绳之以经济制裁了。当然，如果缴纳五十列伊（当地货币，相当于一百元人民币），那是欢迎拍照的。

可见，钱通路路通，中外古今，概莫能外。

富丽辉煌，雍容华贵。应该是最恰当的形容，实至名归。

从一个厅到另一个厅，从一间房到另一间房，哪怕是走道，每一步的所见所感都令人咋舌。分明是钱的物化状态，比黄金还耀眼，还沉甸甸，不可能不眼花，不心羡。据说，很多东西仍然按以往的状态摆设和布置，真实地呈现出当年皇家的生活环境。

墙体镶嵌核桃木或其他名木，厅堂和楼梯配饰法国挂毯、镂浅浮雕，彩色玻璃天花板可自动开合，装饰性的旋转楼梯精雕细琢美奂绝伦，移步尽是来自世界各地的奇珍异宝，当然不缺中国的青瓷和丝绸。兵器厅摆满四千多件各国兵器，德国盔甲、土耳其弯刀、非洲盾牌……既是兵器更是精美艺术品。穿过国王办公室到书房，众多语种书籍汗牛充栋。一扇书柜里精装书独占，原来只有封面没有内页，书柜只是一道掩饰的秘道门。音乐厅里满墙油画，每一幅画都是一个德国传说故事，一组黑色柚木雕花家具是印度君主送给国王的礼物。佛罗伦萨厅大门铜铸，大理石的

第四辑 吸血鬼没有走远

壁炉,天花板金碧辉煌,中央巨幅油画,恰巧倒映在国王和王后宝座间的维也纳镜子里,可见设计者的独具匠心。餐厅长长的餐桌上,古典瓷器和银质餐具摆放齐整,仿佛依然飘荡着当年菜肴的馨香。土耳其式的客厅,全部用纯手工制作的丝绸刺绣装饰,精致的波斯挂毯,土耳其花瓶和铜壶,满室雍容,一屋华贵。小剧场精巧雅致,悬顶的壁画浑然天成。又一个大厅金箔贴墙,色彩浓烈,金光炫目。

虽然只开放了两层,但足以醉心掠魂。走出王宫,如同经历了梦游,恍若穿越了百世。

高贵吗? 高贵,但更合适的形容是奢侈。把国家的财富集于一地聚于一身,而牺牲的是千万百姓的利益,用国民的贫苦供应一家的享受,再富丽堂皇再高贵,也是不道德的。

这么说,是不是因为嫉妒。不否认,肯定不会只我一人。作为平民一介,嫉妒曾经辉煌和骄奢的皇室,好像有点滑稽,滑稽得不自量力,但假如我是皇室成员,我也会这么奢侈,奢侈得让笑话我不自量力的人、笑话我滑稽的人心生更大的嫉妒。

人类的本性,不过如此!

谁是吸血鬼

雨时小时大,时紧时慢,风声轻悄,仿佛有无数精灵在舞蹈。

雨雾阻不住探奇的脚步,不影响我们乘车前行。山林更密,溪水更急,路的前方指向时间的远方，文明、荣耀裹挟着伤痛，沉积或风化在历史的窗口，在风雨里朦胧。

　　不时出现小村镇，一幢幢的按中国现有理念称作别墅式的白墙红瓦的小房子，掩映在绿得醉眼的山坡上，给单调的旅途添加几许明快的色彩。

　　山地突然高峻陡拔，悬崖边偶然闪现巨石垒砌的城墙，教堂的钟楼也凑趣耸然。那是哪个年月的城堡，该堆积了多少往事？瞧上去墙基已倾圮，屋宇已塌崩，或许石阶早已布满苍苔，藤萝成了新主人。然而，居高临下的气势，依旧威严，雄风犹存。

　　再看前方，阴沉的天幕下，嶙峋的山脊上，一座巨大的十字架迎风矗立，佑护着八方子民享受太平。导游刘芳说，这是罗马尼亚著名的山顶十字架，不仅是一座宗教标志，更是一种精神象征。每一个路过此地的虔诚教徒，都会驻足仰首膜拜，精神的力量弥散在世俗的角角落落。而且，每天晚间，十字架都会通体发光，很遥远的地方都能看见它闪耀的光芒，仿佛给灾难多多的世界带来耀动的希望，似乎清寒的黑夜里也能找准前进的方向。

山林退去,视野再一次开阔,远山近谷夹伴着平展的草地。又是牛羊群群,又是村舍点点,炊烟升腾起人间的味道。一座山顶上,完完整整的山顶上,呈现一座看上去宏伟壮观的城堡,仍是白的墙红的顶,尖尖的塔峰耸出几多威势。真想前去探访,太勾引人。不知何年何人筑起,关联的故事肯定能充盈枯燥的旅途。但我们今天要去的是距此不远的另一座古堡布朗城堡。

停车穿过收取门票的长廊式建筑,扑面而来的是商业气息浓厚的商铺一条街,神秘的布朗城堡就在一步之遥的山上。这座又被称为德古拉堡的建筑,因十九世纪末爱尔兰作家史托克写作的长篇小说《德古拉》闻名于世,特别是根据小说改编的数部电影如《夜访吸血鬼》、《惊情四百年》等,使得吸血鬼的故事深入人心,于是这座古城堡也有了一个另类的名字:吸血鬼城堡。

我没看过那部小说,也没看过依据小说改编的电影,但我看过城堡的文字和图片,看过关于吸血鬼的传说,因为恐惧,更不愿找小说去读找电影去看,我怕做噩梦。我不知道多年后会真的来到城堡边,一头钻进吸血鬼的身体,走进小说和小说演义的电影。

按照民间的说法,小说故事以罗马尼亚著名的伏勒德三世为蓝本,地点则以特兰西瓦尼亚为背景。实际上,早在伏勒德之前,吸血鬼的形象就在西方世界广为流传,古希腊神话中就有许多。而小说中虚构的德古拉伯爵的原型伏勒德,是罗马尼亚历史上最著名的人物之一。他父亲是罗马尼亚当时的"龙骑士"组织成员,地位神圣。他少年时被送往君士坦丁堡,十七岁时率军打回家乡夺取政权,上台后第一件事便是清除异己,手段异常暴酷残忍,加上他又用各种严刑峻法对待罪犯整饬国家,最有名的酷刑当为穿刺刑,因而被人称为恶魔之子,在众人眼里成了一个白天睡在棺材里晚上出来专咬人脖子的吸血鬼,他居住的布朗城堡变成了吸血鬼的老巢。

盛传西方的吸血鬼,因小说,因电影,因布朗城堡,几乎成了一种文化。

从山脚下的斜坡向上,越走越陡,大约一百多米的林道就到了城堡脚下。这样的坡道当然是后来修筑的。当年初建时,城堡根本没有门也没有路,想进去只能绕到城堡南边,蹬踩着城堡内扔下的绳梯攀爬上去。如今看去,从底层一直到顶的基本没有斜度的城堡墙体,依然险峻无比。

沿外围的石砌阶梯上去,一个小门,光线突然暗淡,走几步又豁然,内里是座小巧的院落,周遭房间皆以曲折的通道相连,结构严密紧凑。壁炉造型的院墙边,粗黑圆木支架上悬吊一个挑担,烂旧草绳拴着两块木板,木板上各放石块。周边围一圈游客,议论嘤嘤指指点点,我不免俗,也凑上前,但不知什么用处。转身问刘芳。她神秘地说,这是当年伏勒德用于鉴别人和鬼的天平,一端放石头做砝码,进城堡的人都要站上另一边,如果体重压过砝码,则认定是人,反之确定为鬼,难免一死。听罢浑身发冷,如我体轻者纷纷后退,如今想来笑话而已。

上下的楼梯十分狭窄,一次只能通过一人,如果没有灯光,只能在黑暗中摸索着上下,杂沓的脚步把原本神秘阴森的气氛敲击得热闹欢畅。楼梯边的墙体已斑驳蚀落,但每个房间仍旧整洁如新,甚至一些家什的摆设仿佛仍住着人一般,只是每天邀请了众多的客人到楼里走一遭,感受一下主人曾经的生活。

窗户都很小,不管从哪个方向外望,城堡下山谷里的一切尽收眼底,路上走过的每一个行人都逃不过观察的眼睛。如今,山谷间布满了大大小小的民居,点缀在绿树草地间,从窗口望去,犹如天然的装饰画,异常显眼。在一间房子墙上,悬挂陈列着盔甲、长矛、短剑等古旧武器,令人不免联想起城堡经历过的风霜血雨,神秘和森严感油然注入大脑,立刻产生逃走避险的欲念。而在另一间更大的房间里,满橱的书籍,温馨的壁炉,厚实的地毯,又给人带来舒意的亲切感。我几度想走上去,取本书坐下来,

静静翻看几页。

游客摩肩熙攘，肤色模样迥异，神情冷漠惶恐。依仗人多，我试图沿黑暗的楼梯返回一楼，但刚摸索着走了几步，汹涌的阴森气息扑面裹身，突然的寂静不免令人产生幻觉，仿佛游人集体消失，将我一人抛向恐怖的过去。正提心吊胆地犹豫，眼前似乎飘然闪过人影，黑风衣黑面罩，如古老的游魂复活。那是谁？不敢问，应该就是他，德古拉，他一直在这里，一直演绎着吸血鬼伏勒德。

后退到二楼，人声喧嚷，我依然害怕。

再往上就是城堡的角楼，四个角各一座。当年，每个角楼里要么储存了火药，要么安装了活动地板，意在城堡一旦被外部威力围困，可以用于向围攻者攻击。当入侵者迫近时，则掀开活动地板朝下倾倒滚烫开水，真可谓机巧而凶狠。四个角楼以走廊相连，外墙上开设诸多射击枪孔，每个方向都能威胁到。可以说，整座城堡完全是一个严密无比的战斗堡垒，只要内部囤粮充足，水源不断，外来者很难攻上去。

尽管如此，伏勒德统治时期，仍然采取了很多极端的防护措施。比如，为了使人们都走城堡下的大路以便收税，驻扎城堡的士兵每天早晚出动两次，前往附近能翻越的地方巡逻，如果遇到外地人，只要抓住就免不了受到惩罚，当然免不了会有许多冤死鬼。

几百年过去，伏勒德的名字已与吸血鬼分不开，而这座坚固的布朗城堡被世人视为吸血鬼的老巢，一直被恐怖的鬼魂传说笼罩。在城堡下的大门口立着一块告示牌，上面写着：不许夜间进入城堡。管理者有意使出的这一招，更加增添了城堡的神秘感，从而吸引更多的游客前来一睹吸血城堡的模样。当然，必须要在白天走进城堡。

实际上，这座建于一三七七年的城堡，最初是匈牙利国王兴建的用于抵御土耳其人的防御工事。虽然伏勒德在此居住过，最后因为一部小说才与吸血鬼牵连上。文学的生命力从来都是这样，具有穿越时空的魅力。

二十世纪初，罗马尼亚的玛丽女王着手对城堡进行大规模装饰，如今摆放在里面的家具、挂毯等许多东西都是她当年收藏的文物。罗马尼亚共产党掌权后，城堡被收归国有，王室成员流亡国外。

前几年，罗马尼亚新政府颁布命令，将布朗城堡和锡纳亚的佩雷什宫都归还给了王室后裔，并规定由国家文化宗教部管理，仍作为博物馆对游人开放，而且不排除政府赎买的可能性。如果王室出售这些财产，只能出售给本国政府。这些措施，一方面保护了私有财产，一方面保证了城堡和宫殿的现有用途，从而让更多的人了解和认识一段曾经辉煌复杂的历史。

返回商业街，喧闹的市声烘托出无与伦比的安全感和舒适感。我回头凝望，目光像灰蓝的野鸽子，越过商铺的篷布落在山头的城堡。阳光突然退场，云层阴暗了那片风景，似乎有意制造阴森。虽然刚从那里走回，但目光仍然陌生，顺着墙体爬升，扫过幽晦的石窗，把红色的角缕拍打得砰砰脆响。时光化作的尘埃，纷乱地飞散，与云雾交欢，把过去模糊得朦胧一片。

城堡朦胧在我的凝望中，传说朦胧在我的凝望外。

达契亚农舍

罗马尼亚人说，没到过波亚那，就不算真正到过罗马尼亚，正如没到过长城不算到过中国一样。

我们是离开布朗城堡，接近傍晚时到达波亚那的。波亚那是罗语，汉语的意思是"林中空地"，位于布拉索夫市西南十多公里的波斯特瓦卢峰

半山腰。跟锡纳亚一样，这里夏季适于避暑，冬季则宜滑雪。但在我看来，这个季节前去，正如名字，的的确确就是一处林中空地，纯粹等于是在人迹不多的山塬上开辟出的旅游区。

景区里基本没有传统意义上的居民，遍布山顶谷地林间草坪上的，要么是酒店，要么是餐馆，再不就是商店。因为既不是盛夏又不是隆冬，正值一年里的旅游淡季，游客非常少，我们下榻的高山胜地酒店只接待了我们一行中国人，而偌大的旅游区内也没看到几个游人。看来，去一个景点，季节选择太重要了。但这一处地方确实环境优美。它大致坐落在一块谷地中，不少宾馆建在山坡地上，可谓群山环抱，林木葱郁，环境幽静，空气清新，不愧休闲度假胜地之名。

绿意鲜翠欲滴，举目一色，最高的山峰上也没有雪的影子，秋的脚步还在遥远的北方踌躇。喀尔巴阡山谷秋季最美丽，冬季最热闹。秋色漫野绚丽斑斓，冬雪游客纷至沓来。不尴不尬的六月不仅冷清，色彩也单调得只有绿，绿得饱满浓烈，好像蓄积了满池的绿汁，随时流溢，漫向四季，

绝不向秋色和冬雪妥协。

各具特色的景区建筑改变了单一,增添了情趣。不管多大的建筑,都是斜度很夸张的屋脊,屋瓦或红或黑,墙体或白或黄,或黑白相间,主体结构或水泥或木质。这样的建筑风格,点缀在青山绿树间,明晃醒目,与周遭环境协调出浪漫温馨的氛围。

放下行李,我走出宾馆,走进清新的自然里。每到一城一地一处新环境,我一直喜欢独自感受,一个人没有拘束和顾忌,步伐随意,心灵放松。

公路穿行于林地草坪中,各式宾馆临路而建,相距都不太远,依山势错落有致。上到一个高处,大致可以俯瞰出山谷的样貌,建筑物基本上集中在谷地周边和中央,高矮大小别致。不远处的山坡上,茂密的林地中露出齐整的一块草坡,输送缆车的铁架次第竖到山顶,那里应该是冬天欢腾的滑雪场。

粗壮笔直的杉树或成行或成片,团结得气势威武,偶尔几棵延伸到草地,像英俊的少年追赶羞涩的少女,细碎的风拂过枝叶,摇曳一串爱的心语。

太阳明晃晃地抚慰草木,天空一望无际的蓝,纯净得逼人窒息。融尽的雪水漫延进草地蜿蜒成溪水,用我听不懂的语言,一路潺潺跟石头和花草低语。我以为可以看到动物,哪怕传来孤独的鸟鸣,但满眼静物,满耳静寂,突然觉得纯粹自然的安静有点恐怖,习惯了人群喧嚷的心身,害怕孤零在大自然里。视野所及没有古老的城堡,吸血鬼不会流窜在森林草甸。大自然再冥寂,也没有人类自身可怕。

吸血鬼有几个不是同类?

脚步不由得急促,直到看见几只灰鸽在草地上觅食散步,才舒畅了呼吸。灰鸽们安然自若,对我的逼近不理不睬,肯定没有领教过中国人对待野味的态度。两棵粗壮的崭新的树桩,刀斧后的印痕流溢泪水样的汁液,向每一个路经的人控诉着残忍。生存需要或许不是破坏,只要有人的地

第四辑 吸血鬼没有走远

方,大自然再也不会保持原来的模样。

人,何时不再是自然万物的吸血鬼?

云朵在瓦蓝的天空疾走,我有点嫉妒云的速度。一个黑色十字架凌空耸立在一座黑瓦黑脊黑尖塔的教堂上。教堂很小,躲藏在林边草地上,如果不是黑色外观与青枝绿叶的草木极度反差,很容易被疾走的脚步忽略。或许是神谕,教堂的出现,缓解了我的惊慌。一片水面,几座楼房,远处响起马蹄的脆响,仿佛重新回到人间,回头,浓郁林地的宁静似乎还是曾经的渴望。

我还想拐进林间的一条小道,我不知道通向哪里,远方是密实的森林,里面一定藏着无数秘密,无数双眼睛和脚步也搜寻过那里。但愿没有吸血鬼,而是远离尘世的清静休闲地,至少没有喧嚣和烦扰。

路边的几座小木屋吸引了我。体态小巧而造型奇特,不可能是旅馆,或许是小商店,因没人,揣不透用途。原木垛垒起的屋墙,也有鱼鳞状的木板拼接,规则的小木条或齐整的干草覆顶,色呈淡黄或黑红相间,自然本朴不失典雅,与周边景致异常和谐。

这么忽急忽慢地走,等于绕了一个圆,在静雅的林地间,在宾馆餐馆营造的生活气息里。从始至终,即便在路边的特色商品店抑或小酒吧前,也没看到几个游人,偌大的旅游景区里,仿佛唯我独游。虽然几度提心吊胆,却没觉出孤独,好像走过的是一处童话世界,几次的心慌神乱也许是神示的小插曲,回味回味倒有了润神舒魂的惬意感。

太阳开始落山,我站在宾馆的小阳台上,心神依旧沉溺在林地、草甸、溪流、灰鸽、树桩和教堂营造的意境里,感应我能听懂的声音和悟懂的物事。同伴喊我去吃饭,说早点去,天黑了恐怕会遇到吸血鬼。我笑道,吸血鬼钻进了人心里,但愿都不要把它放出来。

世间本无鬼,只是人作怪。

晚餐去一家颇有特色的名叫"达契亚农舍"的餐厅。据说到林中空地旅游休闲,很多人选择离开居住的宾馆,到这样的特色餐馆就餐。除达契亚农舍,还有一家"绿林好汉茅屋"比较有名。由于这样的餐馆少,旅游旺季时订一个桌位都很困难。

达契亚是罗马帝国时期居住此地的国民,后来民族融合,达契亚人的民族特性被外来文化冲击严重,但仍保留了独特的习俗。

不用说,这座餐厅里里外外都彰显着达契亚人的生活特性。大门是木质的,院落里古木参天,栅栏是粗大的圆木,休闲的座椅和吧台是纯木雕成,房屋是全木结构,呈三角式的庵棚状,仿如我们曾经风靡一时的抗震棚,只是架构要大得多讲究得多。

庵棚之内,桌椅全是厚实的原木刀劈斧砍而成,桌面刨得平展,其余基本保持原木模样。桌上铺一张红色条纹的粗线织锦,粗朴里透映雅致。座椅上铺垫羊皮,以求顾客舒适。餐具均是仿古代手工制成的陶制品。树皮装饰的墙壁,顶棚和周边挂满颇具达契亚民族风情的各类饰物,玉米、陶盆、兽皮、鹿角、钢叉、盾牌……鳞次栉比的,几无空隙。乍一进去,仿如走进一处原始风貌的居屋,不由升起生命地融入感。噢,或许自己的祖先当年也是走进这样纯朴温暖的棚屋,但内里的生活韵味绝不逊于今日的现代环境。

我又重新走出来,证实自己不是走进了梦境。除了桌椅上的餐具,从外到里都感觉不出是家餐厅,分明是民俗博物馆,艺术陈列室,当然没有佩雷什王宫的富丽堂皇和奢侈豪华,而是越来越少见的古朴和天然,那是我们这些生在现代久居城市的文明人渴望目睹的祖先艺术,心怀好奇进而不免崇敬。

身着兽皮、脚蹬马靴、头戴毡帽的服务员重新把我引领到有隔世之感的餐厅,仿若穿越了几个世纪。好在,音乐响起,陌生却悠扬,乐器则是现代的小提琴手风琴,才有了回到今世的真实。

菜肴全是西式的。大块肉,大盘菜,一人一份准管饱。一身古装的服

务员用木砧板端肉,牛肉、猪肉分列,肉上燃着火苗,仿佛远古的钻木取火再现,阵阵馨香钻鼻扑面。服务员左手叉,右手刀,三下五除二,片片酥皮香肉摆满盘,那情调,那氛围,肉没入口已垂涎。

食客不多,常规的音乐歌舞却一点不怠慢,美丽的一身民族服饰的姑娘歌罢一曲,盛情邀请我们的团友上舞台,共同演绎欢快的舞蹈,把整个餐厅的气氛渲染得浪漫而癫狂,诱惑得其他伙伴也情不自禁地扭动起僵硬的腰身,欢声笑语荡漾在每一个人脸上和心里,回旋在静谧的景区里。

我相信,那一刻,每一棵树哪怕是小草都会受了感染,在夜色里扭动着窈窕的身姿,与万物共享欢乐。

这一夜,是最欢快的,仿佛梦里都是笑。

车过布拉索夫

早起大雾弥漫,飘飘洒洒,湿湿漉漉,迷迷蒙蒙,隐隐约约,能见度不过两三百米。远一点的山峰山坡树木房屋都隐伏在灰白而湿漉的浓雾里。云雾犹如冲不破的水幕,灰沉沉从天而降,没有水滴,但挥一下手似乎都水淋淋的,把人的心也浸湿了。近处的树林草地虽显朦胧,但因能辨析轮廓,便觉得滋润亲切。昨日走过的林间小路更添了无尽的温馨。

视野里最晃眼的是红顶白墙的房子,衬在云雾里像一幅幅水彩画。远一点的,在飘忽的雾气中若隐若现,明知那不是仙境,心中仍莫名地幻想,模糊神性地期待着什么。悠逸的云雾撞击着树叶草叶,发出鸟鸣空谷的脆响。近点的清晰真切,却又希望白雾凑趣儿修饰一番,营造不可预知的蜃景。

清晰,具有贴近感,但美得过于实在,反而不如虚幻勾人想入非非令人心颤。林中空地,仅一晚,冷清的环境不能不叫人尽情联想旅游旺季时该是怎样的热闹和繁华。

要离开了,不是不舍,隐隐有点遗憾。

旅行车在山林间在雾气中穿行,弯道多,坡度大,仿佛没有尽头。可以肯定不是昨日的山路,白雾里一点方向感也没有。同伴们闷闷的,好像情绪被浓雾打湿了,没了交谈的兴致。偶尔的路段,车窗玻璃上落一阵雨滴,不大,但足以把低沉的心绪淋得更湿。这样的天气,再好的风景也激不起惊叹。好在,越走白雾越稀薄,能见度越好,海拔越低,不知不觉中雾气升腾成厚实的云层。再拐一个弯,山林隐去,眼前豁然开阔,极目已是辽远的平原,而就在山坳里坡地下,连绵起红顶白墙的一座城市。突兀带来的惊喜,是心的荡漾和感激,仿如诧然得到上帝恩赐的礼物,眼里尽是美丽。

布拉索夫,罗马尼亚第二大城市,享有"国王的王冠"美誉的文化历

史古城。

确实美丽而奇特,两座山,不,应该是三座山,仿如一个喇叭口,城市就在山地形成的豁口边。山上树林茂密而绿意浓烈,局部的坡地上是齐整的草坡,如刻意修剪过一般,房子就从这些山林草坡边开始往下绵延,把山谷塞满了,便突破豁口向平地延伸。几乎看不到高楼大厦,红顶白墙的城市建筑风格集聚在绿意盎然的山林间,显得异常活力无限,给人激情,惹人呵护,引人赶紧投进它的怀抱,感受它内心的热情。

古,古得朴拙,古得意味十足。街道很窄,即使行车的主街也不过两个车道,或许是为保证行车质量,这样的街道均铺了柏油,而其他的偏街小巷似乎全保留着石块卵石铺砌的路面,在阴沉的天幕下静幽幽的,仔细看去仿如能辨析出几百年前行路人的脚印。

房屋都不高。走近来才看清,建筑的墙面并非一色的白,而是白、黄、红、蓝、灰……色彩纷呈。屋顶多呈红色,但岁月的痕迹沉留在屋瓦上,不少的艳红已被积垢掩隐,露出斑驳苍老的色相。

确实老,整座古城仍延续着中世纪的风格,经年的古建筑仍是当年尊贵的风貌。太不容易了,太值得现代化大潮下的中国人思考。如今,遍走国内,几乎风格雷同的城市建筑,像一卵多胎的孪生子,看似现代,却因审美疲劳而渐生厌倦。仔细筛滤,国内现存保留百年的古城镇已屈指可数,更不用说数百年的了,谓之凤毛麟角实不为过。像山西平遥古城、云南丽江古城那样能基本整体保存下来的,怎能说不是当地人之福? 老祖宗遗留的宝贵家产,后世子孙们尽享其福,是当今再多的投资再大的手笔都不可比拟的。可惜的是,由于大量游客的进入,商业化气息的迅速浓厚,不少类似的古城镇面临保护之忧,鲜存的宝贵遗产有被逐渐消耗的危情。

欧洲相关国家对古城镇古建筑的保护性开发利用,理念和经验特别是效果都令世人敬慕。可以想象,眼前的布拉索夫,如果不是把几百年的古城保存得这么完善,该失去多少魅力,辉煌的盛名恐怕早已荡然无存。

布拉索夫人,生活在中世纪的城镇里,享受着现代化的生活条件,这种巧妙的融合,难道不是现今所要追求建设的和谐社会?

旅行车走了几条街道,在一处相对空阔的地方停下。一片绿地。穿过一座古老但整修一新的城门,一条古街朝前延伸。街道呈很缓的下坡。两侧的路一边停满车辆,一边继续行车,显然已设计规范成单行道。人行道不宽,以小方石块铺成,边缘竖一溜黑色的造型美观的铁柱,与车道相隔离。或许是一条蔽街,没有开一家商店,紧紧相挨的一幢幢小楼大都只开一个圆门,余下的是一溜的墙体。除了偶尔驶过的车辆,整条街都很静,前后望去,只有我们这一队游客。更小的巷子不时出现在左右,深深的,不知拐向何处,但抬头看,沿巷子的墙上都挂着灯笼式的路灯,即便黑夜,这一路走去也是步步光明。

一路走一路拍照。每一幢建筑都有特色,每一步景色都不同。异国的风情,处处都撩拨神经,时时都撼动心灵。导游刘芳在前头催得急,快点,快点吧,前头就是著名的黑教堂了,拐过去的广场比这儿的视野更开阔,建筑更有特色。呵呵,别催嘛,时间有的是,让我们慢慢欣赏,即便走马观花,总应该让我们认清是什么花呀!

先是在小巷的尽头露出一座青砖红脊绿顶的尖塔,然后红色的屋顶展现在眼前,紧接着就是浑体青砖的高墙。只是,在墙体的局部呈现出浅黑色。乍听黑教堂时,总往神秘的带有魔法的黑色联想,揣不透其中的渊源又串联着什么故事。真正走近了,才知仅仅就是因为表面局部的黑颜色而得名。当然,这里的确关联着一个历史故事。史载,一六八九年时,当时的哈布斯堡王朝的军队为了镇压当地手工业者的暴动,在城里四处放火,燃着了教堂。大火之后,教堂的木结构部分全部焚毁,砖石的墙面被熏成黑色,才有了黑教堂的称呼。这座一三八三年开始建设,一百多年后才完工的教堂,结构坚固,内饰讲究,钟楼上的大钟至今仍能准确报时。

教堂里可以进,但不准照相。好像这次一路走来的所有教堂都是这

个规矩。对于当地人来说,这无关紧要,但对不远万里前来参观游览的旅人而言,这样的规矩多少显得苛刻。试想,再精美的装饰,用语言描述都是有局限性的,哪怕拍上几张照片,再久远,只要看一下照片,都会回想起曾经的身临其境。如今这样匆忙走一遭,转天印象即趋于淡薄,进而把不同的教堂风格趋于混淆了。遗憾,确实,总要时刻伴随人生。再比如,这座教堂里存有一个超级管风琴,据说有四千管和七十六个键盘,堪称世界最大,演奏时音质独特而奇妙,堪称一绝。可惜,依习惯只在星期天演奏,而今天是礼拜三,只能遗憾离开。

留个影吧,来一趟多不容易。可是,选择了几个角度数个方位,镜头里的黑教堂都不完整。太高,规模也不小,最受制约的是周围的建筑物太近,即便跑到马路的对面,必须蹲下取景才能勉强把教堂的尖塔收进镜头里。踟蹰中,不远处一个矮小的女性吸引了我的注意。只见她背上肩着咖啡色大背包,胸前挂着蓝色小背包,一手地图,一手相机,以悠闲的步履从古街巷里走近黑教堂。

一位典型的背包客。

最吸引我关注的,她分明是东方人,进而心想,说不定还是中国人,最起码应该是华人。于是有了上去攀谈的想法。不错,是位马来西亚籍华人。她一个人,出来已经一个多月,游历了北欧、西欧,如今到了东欧,还打算去土耳其,回去的日子还没定。听她不紧不慢地叙说,眼神里闪烁些微的疲劳伴和着无尽的喜悦,不能不为她的精神毅力打动。对于她这样的背包一族,我一直心生羡慕,踟蹰着自己某一天也能自由自在心无挂牵地畅游在未曾去过的国度和愉悦身心的天地间。走出去,方式多种,但这般自由的方式,应是旅游的高境界,这已经不仅是一种精神,更是一种生活方式。我提出跟她合影,像歌迷追逐歌星般虔诚,她欣然应允,或许将来的某天在某地也有人向我提出同样的请求,我渴望着。

围着黑教堂转了大半个圈,从两座矮楼间走进古城的中心广场。

广场不大,方块的青石铺地,一座黄墙红脊的钟楼耸立在广场一侧,这就是什克伊博物馆。如果按现代中国人的眼光,这座博物馆小气得很,假如没人提醒,很多人会忽略的,当然也没兴趣进去一睹藏品。当然,我们这一行人也不例外。当刘芳征求大家意见时,几乎众口一词询问里面有什么东西可看,得知展出的是代表罗马尼亚民族文化古老印刷历史的印刷机和印制的书籍时,同伴更没兴致了,有人立马要转身离开,感谢几位要去洗手间的同伴,才得以给我时间在广场上转一圈,留几张照片。

周边一色的古建筑,高矮相协,古街发散四方。中央有喷水池,边沿置放花盆和长椅,有不少长者闲适地坐着,看广场上的人来人往和灰鸽子的起起落落。小城的宁静荡漾在他们的神情里,见我拍照,友好而善意地向我微笑。我朝他们扬扬手,用人类共同的肢体语言表示感谢。

临广场的古屋大都开着店铺,门口一定的范围内置放桌椅,有白色布篷遮风挡雨,花草在周边绽放,虽处闹场却显得雅致,看着就舒心。古建筑的屋顶大多染一层黑,几百年的陈垢经历多少风雨与当年鲜艳的房瓦侵蚀相融为一体,斑驳出历史的沧桑,但每一幢小楼的墙仍是鲜艳炫目的,不管红黄还是蓝绿,都有新生活的希冀在每一个窗口闪现。而且,几乎每扇能放置花盆的窗台,都摆满鲜花,阳台也不例外。更奇巧的是,不少阳台的墙面上都悬挂式地悬吊着鲜花盛开的花盆。再看去,没有哪一幢的阳台看上去像不少中国城市的楼房阳台那样,虽有花草绿化但显得过于茂盛,茂盛得有些杂乱,这里的阳台大都以鲜花为主,绿叶植物不多,显得清爽而讲究。

跑到附近麦当劳解决内急问题的同伴笑哈哈地手握一杯可乐走过来。原来,麦当劳设置的洗手间大门是有密码锁的,必须在里面进行了消费才能领取一个密码,不然的话,只好继续内急。习惯了在中国的麦当劳、肯德基享受免费洗手间服务的同伴左思右想不理解,但因极度内急又不得不接受消费条件,只好买了一杯可乐完事大吉。内急缓解了,心情也轻

松了，但这个不同国情下的小插曲成了我们回程一路的笑料，每每提及，都能引来一阵长时间的大笑和议论。

真是，不走出国门，怎能见识这般有趣的民风？

雨淋欢乐城

离开布拉索夫，天空随海拔的降低偶尔露几片湛蓝，云层似乎越来越高远。喀尔巴阡山被远远近近地甩在身后，前方再现一望无际的平阔麦田。仅隔一日，仿佛小麦又黄了一层，紫色的薰衣草更显生命无限，丰满的大地被装点得犹如一幅大气磅礴的艺术品。

车速很快。大部分的路程与昨日重复，景色依然，雷同和疲劳消顿了同伴们的观景热情，纷纷闭目打起盹来。我端起相机，透过车窗玻璃想留几张罗马尼亚田园风光，但效果都不是太理想，哪怕是功能调到运动模式，照片的下部仍混沌模糊。

其实，今天不必太赶路，目的地就是布加勒斯特，又无其他活动安排，但司机怎么考虑的不得而知，我曾让刘芳提醒司机，但仅仅好一会，速度很快又提了上去。实际上，车速并不是多么快，司机是严格按限速要求行驶的，或许是因为在罗马尼亚的时间越来越少，哪怕在路上慢一些，多看几眼罗马尼亚的乡村风貌，便从心理上不愿太快地走向要离开的目的地。

然而，紧接着发生的事，又莫名地改变了刚刚的心态。人，真是难以琢磨的无法把控的情感动物。

　　旅行车到达一个加油站，田野空旷，风光无限。加好油，同伴们放松了一下全上了车，但司机躲在休息区的商店里迟迟不出来，惹得个别同伴不大耐烦，央请刘芳去喊，可刘芳解释说，喊也没用，司机在严格执行交通法律，因为按罗马尼亚法律规定，汽车司机每行驶一定的时间或距离后，必须休息一段时间，否则以违法论处。至于休息多长时间，刘芳说不是太清楚，好像是半个小时。这么一解释，同伴们再急也只好忍耐，且对罗国司机的做法深表敬佩。

　　一个同伴说，搁在中国，司机早开车走了，赶时间不遵规方显英雄本色，即便司机确实疲劳想休息一会儿，乘客还不干呢，不把司机骂死吵疯算轻的。一语引得大家议论起法律意识和人的素质问题，礼仪之邦的中国确实还有很长的路要走，最起码，这种规则的遵守是对生命的尊重。人性的光环，在规则的束缚下更加耀眼。

　　又落起雨来，时大时小，时断时续。剩余的半天，同伴们要么选择在

第四辑　吸血鬼没有走远

宾馆休息,要么邀刘芳带去商场购物,并告知最好不要单独外出。我两者皆弃,下决心挎相机去古建筑集中的维多利亚大街走一遭。万里之遥的国度,在宾馆傻待半日,实在是浪费人生。当然,我不透露单独外出的想法,否则肯定不放行,而以待在宾馆休息搪塞,等小雨暂歇时,独自溜出宾馆。

不远,站在宾馆的窗前就可以望见古街的建筑,中间隔着一片宽阔的绿地。只是,这一处绿地的确很大。我从一角走进,沿绿地中央弯曲的步道,感觉好像走不到尽头似的,但尽头就是古街。三天来,我们已经两次从古街走过,只不过都是坐在车上,想拍个好照片都不能,如果没有这个自由的下午,真要有些闹心的遗憾。

一条水波轻漾的河流横在眼前。来罗马尼亚前,我对这个遥远陌生国度的唯一印象是有一条多瑙河。这条伟大的河流之于欧洲恰如长江之于中国,它不仅流淌了大部分欧洲疆土,更浇灌出了丰满的欧洲文明。遗憾我们这次没有安排去看多瑙河。后来听刘芳说,多瑙河的支流登博维察河正好从布加勒斯特城中穿过,眼前的这条河会是吗?看不到多瑙河,能沿着它的支流抑或支流的支流走一走,我也很满足了。

河道蜿蜒,河岸砌石,天然的河流一旦被城市利用,多少都沉淀些人工的痕迹。感觉不到水的流动,平静清碧的河水泛映天光能照见人影,沿岸的街市也欢腾在水里,我看到了两个布加勒斯特。河流见证了文明兴衰,正像历史一样,看似平静,其实暗流汹涌;看似平缓,其实日夜不息。正像雨淋后的一幢幢古旧建筑,既像饱经了沧桑的老人,又像现代人怀旧的水墨画。注目和感悟,总能体会到温馨、宁静,怡情又润心。

过一座桥,古街扑面而来。行车的路不宽,深入古街的小路只能过一辆车。一些楼房看上去古旧沧桑,沧桑得令人揪心,担忧它要破败塌垮了似的。担心真是一种无私的爱。不管地处何国,喜欢,是人类的共同财富,唯有很好地保留和保护,才是最好的心愿。

没有人能给我介绍,不知一幢幢完好的古建筑的前世今生,尽量用相机留下倩影放进记忆里。大部分的墙体都是整块的条石,粗圆的石柱,罗马风格的穹顶,精美的浮雕,高大的门廊,敦实的躯体。在哪一幢跟前都想多站一会儿,都想走近再走近,探知内里的秘密,感叹曾经的辉煌。当然,这是奢望,仅作为观赏者,已感心满意足了。毕竟,同伴中我是唯一近距离地欣赏鉴赏者,知足心安。

后来我把拍的照片给刘芳看,她先惊讶我一个人竟敢跑去古街,然后一一介绍那些古建筑的名字和历史。这一幢是卡罗尔一世时兴建,由法国建筑师保罗设计的中央大学图书馆,一九八九年发生剧变时火灾被毁,五十多万册珍稀藏书和三千七百多份名人书稿化为灰烬,后经修复改造后向社会开放。这一幢是亚历山德鲁亲王建造的,号称布加勒斯特名胜建筑的国家储蓄银行。还有音乐家乔治·埃乃斯库纪念馆,还有建于一九一一年的全国军人活动中心……

走到一个小广场,一座宏大建筑上飘扬着罗国国旗,风格很像我们中国各级政府的办公场所。广场中央,一座白色的尖型石碑,中间悬雕鸟巢式的架构,预示着这里是一处重要的地标性建筑。我很想询问匆匆的路人,但苦于语言不通,只能作罢。回去后问刘芳,她轻描淡写地说,那是政府办公楼,齐奥塞斯库时的罗共中央所在地。白色纪念塔呢?她略显犹豫,噢,那纪念塔就是为推翻他的统治兴建的。然后话锋一转,你注意周边建筑的墙壁没有,上面还能看到那次剧变时留下的弹痕。

我没有去注意,我是去看古街古屋的,没想过那次震惊世界的巨变遗留的蛛丝马迹。二十年了,时过境迁,选择了新道路的罗马尼亚,物质成了大多数人的追求。时光像登博维察河水,无声又无情地流走了记忆。看川流的汽车和匆忙的行人,会觉得即使现在发生惊天动地的事件,好像都与他们无关。或许正是担心遗忘,才竖起了那座耸天的纪念碑。

离开广场时,我又回头望了一眼那座白色建筑。当年人潮汹涌群情

第四辑

吸血鬼没有走远

087

激昂的地方,如今停满了五颜六色的轿车,祥和得仿佛什么都未曾发生过。记得当时曾在电视上看到过这幢建筑,齐奥塞斯库就是站在那楼上向成千上万的示威民众讲话,最后局势失控,他从楼顶上乘直升机逃离了布加勒斯特,不久即被抓,随即枪毙。

我曾私下问刘芳,当今罗马尼亚人如何评价齐奥塞斯库,她欲言又止好像触犯了什么禁忌。后来才说,当年他们夫妇俩被处死后,有人偷偷将尸体埋葬在布加勒斯特西北角盖恰公墓里一条小路的两边,起初没有任何标记,知道的人当然很少,后来消息不胫而走,不久墓地前立起一个简陋的木十字架,继而换成了水泥十字架,现在的十字架是大理石的,听说每年都有人去那里肃立默哀。

每一个现实都会成为历史,每一段历史都会发人深思。

雨又下起来,越下越大。雨点密集得很,上身的防雨外套已湿漉漉的。不敢怠慢,赶紧转身返回。一步一停,凭感觉岔到一条小街里,更多的古建筑阻滞着脚步,相机镜头上滚落着水珠,脚下也有水汪了,但还是不想错过一个又一个独特的古建筑。

雨中的布加勒斯特,我走过了落满雨水的古街,屋瓦的每一滴水,都晶莹在我猎奇探古的心里。

第五辑

与佛同居的都城

感受泰国的独特魅力

佛教是泰国的国教，百分之九十多的人虔诚信仰。

虽然现代化的高大水泥建筑充塞了曼谷的天空，但佛的身影比密集的高楼、滚滚的车流更吸引人的目光。四百多座佛教寺庙傲然屹立在水泥森林里。无论下榻哪家宾馆，或走进哪间商店，最显要的位置必是神龛，慈眉善目的佛陀始终面灿微笑。如果从高处的窗口往远处眺望，最耀眼的一定是金碧辉煌的寺庙，偶尔还可看见身穿暗红色袈裟的僧侣穿街而过。佛气弥漫在空气里，人们见面双手合十，佛意悠婉。路遇的歇脚老人，很可能就是佛陀的化身。

时至今日，几乎所有泰国男子依旧信守佛门教规，一生必须选定一个时间剃度出家，只有这样，才能被世俗的社会接纳。即便是皇族也不例外。通常，皇宫是皇室居住和处理政务的地方，但泰国拉玛王朝把寺庙也修在了皇宫里。如今游客参观大皇宫，里面的玉佛寺是必到之地，犹如朝圣一座盛名已久的寺庙。

原名暹罗的泰国，一二三八年时形成较为统一的国家，先后经历了素可泰王朝、大成王朝、吞武里王朝和曼谷王朝（也称拉玛王朝或节基王朝）。十六世纪，葡萄牙、荷兰、英国、法国等先后入侵东南亚。一八九六年英法签订条约，规定暹罗为英属缅甸和法属印度间的缓冲国，泰国从而成为东南亚唯一没有沦为殖民地的国家。一九三二年六月，拉玛王朝七世时,民党发动政变,君主专制演变为君主立宪。一九三九年更名泰国,后经几次更改,一九四九年正式定名泰国。

泰国四个朝代中,最短的是吞武里王朝,只有十五年,但历史地位非常重要,而且最令广东汕头人骄傲,因为朝代的创建者郑信祖籍汕头的澄海。

郑王的吞武里王朝短暂而辉煌,历史遗留却不是很多。史载,一七八一年郑信派王子銮利陀提奈毗罗和诗人摩诃努婆等人组成使团到清朝的北京,乾隆皇帝隆重宴请,并给了大量建筑材料用于回国建设宫殿。可惜,这时吞武里王朝已不复存在,于是这批本来准备兴建郑王皇宫的材料成了曼谷新王朝皇宫的基础。一七九〇年(乾隆五十五),拉玛一世遣使入贡清朝,为请求敕封,他在文书中自称是郑信之子"郑华"。

短命的吞武里都城隔着湄南河与曼谷相望,那里至今还能看到郑王战斗生活过的胜迹,尤其是后人为纪念他修建的寺庙。泰国人不仅把他当伟人,还将他列入神位供奉。佛陀接纳了他。吞武里之前的大成都城也是佛寺林立,可惜都被战争摧毁,浩劫后的残垣断壁和只余躯体的佛像令人唏嘘,但佛的信仰和精神从来没有离开这片土地,即便是西方文明气势汹汹,也被佛力感化得俯首帖耳。

拉玛王朝不仅用乾隆送给郑王的建筑材料起基建皇宫,更巩固了佛教的国教地位。玉佛寺端立皇宫,凸显的象征意义不言而喻。

大皇宫是曼谷市内最大规模的古建筑群,始建于一七八二年,泰国诸多王宫之一,是泰国历代王宫保存最为完美、最有民族特色的王宫。

曼谷王朝从拉玛一世到拉玛八世,均居于大皇宫内。一九四六年,拉玛八世阿南塔·玛希敦国王在宫中被刺身亡之后,拉玛九世普密蓬·阿杜德便搬至大皇宫东面新建的集拉达宫居住。如今,大皇宫除了用于举行加冕典礼、宫廷庆祝等仪式和活动外,平时对游人开放,成为曼谷著名游览场所,深受各国游人的赞赏。

因其建筑精美,大皇宫被称为"泰国艺术大全"。这座庞大的宫廷建

筑以白色为主,四周围以白色宫墙,高约五米,总长一千九百米。内有四座宏伟建筑,分别是节基宫、律实宫、阿玛林宫和玉佛寺。此外,由拉玛八世兴建的宝隆皮曼宫,专门用于招待外国元首。

走进大皇宫庭院,首先映入眼帘的是如茵的草地和姿态各异的绿树,大皇宫的佛塔式尖顶直插云霄,鱼鳞状的玻璃瓦在阳光下灿烂辉煌。节基宫规模最大,是拉玛五世在一八七六年建造。节基,含有神盘、帝王之意,向为拉玛王朝的正称,其建筑特点属英国维多利亚时代风格,殿顶却是泰国式三个方形尖顶。

节基宫对面是律实宫,为大皇宫最先建造的宫殿,为泰国传统建筑,内有拉玛一世时代制造的御座和御床,被列为拉玛王朝第一流的艺术品。而大皇宫内最为巍峨庄严的当数玉佛寺。泰国有千佛之国和黄袍佛国之喻,全国共有大小寺庙三万余座,仅曼谷一城即有四百多座佛寺,有寺庙之城一说。

玉佛寺则是寺庙中的寺庙,被称为泰国三大国宝之一。据说,这座玉佛于一四三四年在清莱发现,高六十六厘米,阔四十八厘米,为一整块碧玉雕刻而成。玉佛历来成为印度、斯里兰卡、老挝、缅甸及泰国之间的争夺对象,因而玉佛寺成为泰国佛教最神圣的地方,是王朝的守护寺和护国寺。每当换季时节,泰国国王都要亲自为玉佛更衣,以保国泰民安。每当泰国内阁更迭,新政府的全体阁员都要在玉佛寺向国王宣誓就职。每年五月农耕节时,国王还要在这里举行宗教仪式,祈祷丰收。

进入玉佛寺的每一位游客,无论男女,必须穿着带袖子和领子的上衣,圆领衫或吊带裙则不能进入。男士必须长裤,女士也必须长裤或过膝长裙,而且必须脱鞋进入。

我们一行人按规行事,并且接受了圣水的雨露,但出来时却发生了一件本不该在圣地出现的事。一位同伴的鞋子被人穿走了。不知是误穿还是故意。在佛国圣地,当然不该以恶意揣测别人,但同伴说,那双鞋是在日本购买的价值两千多元的世界名牌皮鞋。呜呼,东方色彩的佛国里,人性该是纯净的吧！然而,等了不少时间,不见有人回头还回,只有向保安要了双破烂拖鞋,继续余下的游览。

同伴们说笑着离开大皇宫,谈论起泰国的历史,泰国导游则趁机施展才华。

在曼谷,拉玛王朝历代国王兴建了不少有特色的宫殿建筑,我们这次参观的阿南达沙玛空皇家御会馆就别具特色。这座建筑是拉玛五世访问意大利后修造的皇宫,堪称建筑精品。拉玛七世时,实行民主制度,这里改为议会办公场所,后来新议会大楼落成,改成为博物馆。

这座颇具欧洲风情的大理石建筑敦实而气派,内部圆形拱顶绘满精美图画,宽敞的宫殿里珍藏着泰国最昂贵、最精致的国宝级工艺珍品,诸如微缩的皇家游船（柚木雕刻）、甲虫壳制作的灯饰、宝石镶嵌的床榻,其中一幅雕刻有大象、荷花、神兽、凤凰、佛和天使和谐相处的极乐世界柚木雕,令人叹为观止。

前几年,现在在位的拉玛九世庆祝登基六十年大典,即在此宫举行,当时全世界二十九个君主立宪国家中有二十五个国王及王室成员前来祝贺,可谓盛况空前。庆典上使用过的金银器皿,如今原样摆放在宫殿里,让游人回想当年的奢华和庄严。

进入这样的地方,都是不允许照相的,其中的感悟全凭细览而后回味。不仅如此,进去的游客,跟大皇宫一样,男士须穿长裤,女士须穿长裙,穿塑身裤或超短裙的爱美女士,必须在门口花四十泰铢购买一条棉布泰式长裙,好在样式和质量都还不错,算是曾经游历曼谷的一个见证物吧！

曼谷宫殿多,寺庙多,如果说大皇宫的玉佛寺带有皇族色彩,那么四面佛则民间意味极浓。同行的伙伴挤出时间,战胜曼谷恼人的堵车,专程去拜了四面佛。

在泰国,四面佛被称为有求必应佛,位于曼谷市中心的凯悦爱侣湾大

酒店面前,是泰国香火最旺的佛像之一。每天,从世界各地前去朝拜的许愿者成群结队。由于地处闹市,车辆拥挤,游人磨肩,根本没有地方停车,我们只有在车水马龙的嘈杂声中趁遇红灯时下车。

铁栅围起的场院,香火缭绕,络绎不绝的善男信女虔诚跪拜,串串鲜花佛香堆积案几前,附近廊道下几对古装打扮的少女曼歌起舞,为出钱者祈愿还愿。

导游指导说,如果拜佛,必得诚心,拜四面佛必须顺时针方向一面一面拜。如果小拜,每面三根香,一根蜡烛,一串花,将花挂在蜡烛上。如果还愿,每面佛七根香,花瓶一对,不同色的花朵七枝,蜡台一对,香炉一个,清水一杯,香米一小碗。如果请舞者献艺给佛观赏,收费三百至八百泰铢不等,视舞者多寡而定,每场十五分钟。如要求特别表演或高难度动作,另行议价。最重要的,还愿之后,要经常捐款给寺庙和慈善机构,好事细水长流。

曼谷一日,活动紧凑丰富。中午在一免税商场自助午餐,晚上在一家中餐馆解饥。值得一说的,很奇怪那么炎热的曼谷,当地人偏偏喜欢吃又酸又辣的食物,几乎可以说无菜不酸辣。闷热的天气容易令人大败胃口,而酸辣的刺激则令人大开胃口。如此食物,如在国内南方城市,食后定然上火,在泰国却不。

真是一方水土养一方人,无限感慨!

人神共享的国度

大都会和贫民窟

　　飞机穿过稀薄的雾气和淡散的云层,一直爬升到一万多米的高空。泰国的西海岸过了,有零星的岛屿散布于深蓝色的海面。再行,除了一层明净的薄云,只余清亮纯色的蓝,阔广的孟加拉湾平如镜面,仿佛一组浪花都不浮漾。这样单一的景物,最容易令人沉沉迷睡。许多旅客头套耳机边欣赏音乐边闭目养神。我把面前椅背上的小屏幕选在卫星定位状态,观察飞机随时的飞行状况。不久,眼神便朦胧起来,迷迷糊糊不知睡着没有。再睁开眼时,从舷窗俯瞰,一条海岸线清晰地映入视阈,云层沿着陆海边缘气势磅礴地向陆地堆积。

　　印度次大陆到了。

　　山川无异,江河不奇,田畴如乡。

　　黛青的山脉,灰黄的土地,偶尔有几条长长的划痕,那是弯曲的河流。河水在宽大的冲积河谷里显得异常细瘦,河谷呈现混沌的黄色,河水则是纯一的深绿。猛然跳蹿出一条浑黄的河流,便猜想它的上游必是刚刚下了一场大雨,被大地的本色感染了。

　　云时浓时淡,时厚时薄,变幻莫测,气象万千,苍茫的大地则在云层空隙里忽隐忽现,似乎整个国家都在云层下沉睡。村庄或城镇很散,仿佛人类生活的痕迹不是那么明显,等飞机逐渐下降时,也没看到几处成规模的村镇,根本感觉不出正在飞向一座大都市。一直快到孟买上空时,在曲折环绕的大小河流交织的旷野里,渐渐集中起一个个密集的居民区。兀立的高大建筑,似乎零落地散坐在广阔的大地上,宛如孩子们在地板上摆玩的积木,信手随意。

跃过一条宽大的河,飞越一座长条的山,孟买的主城散在眼底。似曾见过又显迷蒙。高楼之间,机场边缘,端坐着大片的棚户区,棚顶的颜色五彩斑斓,却掩饰不住整体的破败和脏乱。现代化的高楼和机场被贫民窟簇拥,犹如西装革履的绅士身边围一圈乞丐。城市化的伤疤,人类文明的污点。此后数天,几乎在每一个城市都可以看到大片大片的棚户贫民区,想躲都躲不开,仿佛是印度社会的标志性形象。

如果用现代化的目光,第一眼近距离看印度,扑面而来的是旧时代的画面。或许正是这种本朴甚至陈旧,犹如浑然的璞玉,温和地闪烁幽光,反而昭显了别样的魅力。

孟买是印度西海岸的门户,全国最大城市和最大海港,马哈拉施特拉邦首府,整个大孟买都会区集聚人口二千五百万,是印度人口最多的城市,排名世界第六位。孟买也是印度的商业和娱乐业之都,拥有重要的金融机构,是印度印地语影视业(宝莱坞)的大本营。作为印度的商业首都,孟买贡献了全印度百分之十的工人岗位,征收所得税的百分之四十,征收关税的百分之六十,中央征收特许权税的百分之二十,印度对外贸易的百分之四十,可见孟买在印度的经济地位。

然而,庞大的人口和卓越的经济地位并不能代表一切,从走下飞机起,一系列的见闻让我们直接体验了印度社会的真实一面。

孟买偌大的希瓦吉国际机场几乎没有登机桥,乘客全部要搭乘转运汽车到达关口,而川流不息的机场停机坪好像行车没什么规矩,有横冲直撞随意开行的感觉,如此这般却相安无事,感慨而不解。后来去斋浦尔,机场内的旅客转运车和行李车竟然是用四轮拖拉机牵引的,模样儿跟二十世纪六七十年代洛阳产的东方红牌拖拉机很像,又仿佛不如东方红

牌精致。

　　入关之时,各种导向标志不甚清晰,工作人员效率普遍偏低。入关后取得了行李,一行人却被导入换乘飞机的通道。由于人多拥挤,而且出关的行李牌已交付工作人员,再行退出时遇到麻烦。情急之下,掏出三十美元塞给一个高大的满脸络腮胡子的验票员,方才艰难地从换乘通道退出来。正是那三十美元,在我们推着行李车通过最后一道验票口时起了作用,络腮胡子离开他的工作岗位走出百余米赶上我们,向查验的人员嘀咕几句直接将我们放行。

　　一次入关,前后用去一个多小时。当地的导游阿夫道(太阳)等得几近不耐烦,但听到我们抱怨,他摇着头耸耸肩两手一摆做起了鬼脸,似乎他已习以为常无能为力。阿夫道浅褐色的肤色,大眼睛,魁梧结实,笑容憨涩,标准英俊的印度男子。他大跨步地走向三百多米外的停车场,把我们远远地抛在后边。道路不平,推着行李车如行走在搓板路上,无奈无语,只能埋头。

　　出机场即进入市区。原来,机场就在市内,但沿街的破败和成堆成片连绵不绝的垃圾,令饥饿的身体更加不爽。不管是行车道还是人行道,仿佛都积累了千年的灰垢,生活的废弃物能把行走的脚步淹没。墙根更惨不忍睹,既是男人的公厕又是流浪者的家园。满街都是机动三轮车,争先恐后地抢道,大多花了工夫装饰,但看过去仍像开往废品收购站的处理品。建筑物灰头土面,沧桑岁月的沉淀增添了些许生命感,好像从那里走出来的都是几个世纪前的人。房屋的外观结构和色彩五花八门,残破中夹杂着颓败的气色,仿佛刚刚经历过一场灾难,才开始走向复原。越走越觉得正穿越时空,隐隐地嗅闻到旧时代的气息。

　　就餐的地方是一家带着中式菜味的小饭馆。附着在楼体外墙的电梯宛如中国二十世纪三十年代电影中上海的影像,推拉式的电梯铁门需要强健的人力才能关闭,又不免令人联想起国内个体矿井拙劣的升降机。

电梯很小，我们只能分批上楼，进去宛若被锁进铁笼子，启动后抖抖颤颤机声隆隆，费劲得像在跟时间拼命，把我们颠颤得如同玩命，真担心电梯随时都可能解体成一堆废铁。更有意思的是，四层的楼房只有这么一座电梯上下，遍查周遭没有发现楼梯。同伴开玩笑说，假如这是家黑店，想逃跑只有跳楼。

饭后马不停蹄，沿城市主干道去老城考察孟买工业品批发市场。不知路程多远。路上行人如织，车辆拥塞而混乱，车速根本快不起来。阿夫道介绍说，孟买城市大致呈南北走向，基本沿阿拉伯海岸建设，方向感很容易掌控。

过马希姆河大桥后，旅行车沿正修建的跨海大桥在海上绕了一个弯，再次进入滨海大道。回头再看，依旧纳闷，尚未完工正处建设中的悬索桥为何允许如流的车辆通行。后来回想，在孟买走过的所有路段，也只有在这座跨海大桥上，车速才能提得起来。

海水由浅至深，由浑到蓝，极目是雾气茫茫的阿拉伯海。沿海岸一线，高楼林立，错落延伸而似不绝。近海之上，条条小船色彩万端静卧平波，与对岸的高楼、近岸的海蓝恰成一幅绝美的图画。可是，一处硕大的破旧棚户区占据了连片的海岸，与背后的林立大厦形成鲜明的反差，令人顿感现代与落后、富裕与贫困、城市和贫民区的落差。视野之上，竟是如此鲜明。

刚才还见破落的贫民窟，咫尺便是豪华的富人区，几乎没有距离的差异，只能令人咋舌，仿佛地狱到天堂眨眼而已，难怪越来越多的农民蜂拥城市，宁愿住进垃圾成堆蝇鼠肆横的贫民窟，原来这里离天堂最近。可以说，印度的贫民窟举世闻名，贫民窟人口接近一亿人，尤其是好莱坞大片《贫民窟的百万富翁》声满全球后，一些城市的贫民窟甚至成了旅游者观赏的"胜地"。无声蔓延的贫民窟，正悄悄蚕食着城市。于是有人说，既然房价那么高，贫民窟又那么多，政府为什么不对贫民窟进行拆迁改

第六辑 众神共享的国度

造。阿夫道笑道,这怎么行,贫民窟是他们赖以生存的家,拆迁了让他们住哪里去,政府不可能提供那么多的住房。而且,我们的宪法规定,公民享有自由迁徙权,可以在任何地方定居。一个印度人无论走到哪里,都与当地居民享有一样的公民权利,比如求职、子女教育、医疗等,权利完全均等,不需要什么健康证、暂住证,也不会被收容。假如你在一个地方连续居住十年,就自动获得这块土地的所有权。所以,贫民窟的居民把自己称作"贫民窟主",自嘲中透着几分自豪,因而印度也被称为"穷人天堂"。

真是穷人的天堂,精神的,自我激励着,奋斗与幻想,演绎着多少贫民窟的百万富翁故事。现实的奋斗一幕幕地幻想在银屏上,宝莱坞的名气和影响直逼好莱坞。这个印地语的影视基地,吸引了成千上万期盼一举成名的演员,当然不乏贫民窟里走出的孩子,阿拉伯海沿岸的豪宅已经习惯了迎接新主人。

车过沃利城堡,跑马场被甩在身后,再拐一个弯,眼前豁然开朗,滨海大道更显宽阔,巴克湾对岸的城市风貌更趋现代。难怪一些印度人自豪地说,孟买是印度的上海,而且比上海更现代。甚至有人夸口道,上海要赶上孟买,至少需要二十年。不说他们是否大言不惭或如井底之蛙,但仅从这一角度看去,确实可与上海浦江两岸有一比。可惜,孟买的城市建设只可远观,不可近看,一旦进入,固有的脏乱令人颓丧,无法相信它表面的华彩。

孟买真是个包容力极强的城市,现代与古旧,豪华与残破,超级市场、杂货铺、现代化港口、牛车、高楼大厦、窝棚、拥挤的人群、自由的鸟、齐整的绿地、杂乱的荒草……悠悠远远无边无际地从过去漫漶到现在,还将延续到将来。所有的对接都是无缝的,也是突如其来的,批发市场就是一片老街。

好像每个城市最生动热闹的地方都是市场,孟买也不例外。举目望去,只能产生一个感觉:人满为患。于是便心生胆怯,不愿进去,仿佛一旦进入就会被没有空隙的人海挤揉成肉馅。阿夫道则反复叮咛注意保护好贵重物品,市场里小偷很多,切切小心窃贼的长手。的确,在这样拥挤不堪的街市里,稍有疏忽都有可能遭受损失。他没有掩饰自己国家的阴暗面,或许也是出于职业习惯或道德,紧张得我们这群中国人提心吊胆。

乱,乱得令人惊恐;脏,脏得不想落脚。

我们也成了景。商店老板、客商、行人,纷纷怔愣着好奇看我们,就如中国人改革开放初期看大鼻子蓝眼睛的西洋人。孟买不乏中国游客,他们纳闷的是一群中国人怎么跑进了脏乱拥塞的批发市场。了解一个地方,盛名的风景要看,古远的遗迹要寻,朴陋的街巷要走,如果再转转市场,可能最贴近当地的生活现实。偶尔有人用生涩的中文问声你好,亲切暖心,但更令人高兴的是市场里大量销售的中国商品,几次恍惚得以为在参观一场中国商品的展销会。

出租车一辆辆被拦在路中央,讨价还价一番,许多都拒载。听不懂双方的交涉,不清楚为什么拒载,但似乎街上的车辆越来越多,车速越来越慢,严重的拥堵令人产生难忍的压迫感。

真是一个自由的社会。

我们一群人站在路边,无奈无助地等待旅行车过来,腿站累了,腰站酸了,人站烦了,心绪极度不佳,却依旧不见车影,却依旧是慢慢蠕动的街景。五百余米。阿夫道说,其实旅行车离我们只有五百余米,但就是绕不过来,这就是现实的孟买交通。

五百米,我们等了一个多小时。

这还只是开始。上了车,便开始在拥挤的街上排队,蠕动,一点点地,一步步地,如蜗行,如龟爬,如老人挪步。好在,夕阳西下时,我们恰好走在巴克湾的中间。面向大海,左边的戈拉巴角,右边的马拉巴尔角,如两只蟹角伸展在太阳的余晖里,城市像朦胧的剪影在天际间呈现一天最后的繁华。

开始是清一色的汽车蠕动,不知何时,夹进了机动三轮,而且越来越多,仿佛整条路成了三轮车的展览场。由于体积小,机动灵活,便四处钻行,搅扰得交通秩序更加混乱。乍看去,犹如满街铁皮套身的甲壳虫在移动。可以说,拥塞的三轮车是孟买交通最大的特色。

三个小时了,不足二十公里的路程,仍然没有到达就餐地点。同伴们问阿夫道,还有多远,答曰五百米左右。同伴们二话不说,一齐选择下车步行。进到餐馆,同伴们不约而同,纷纷奔向洗手间。我后来开玩笑说,在孟买,我们都练就了一身新功夫——憋功。谁要不信,请到孟买街头坐车一试。

到了孟买,才知道啥是堵车;到了印度,才明白啥叫人多。

玫瑰城和琥珀堡

既然到了印度,斋浦尔不能不去。

从旅行的视角看,德里、斋浦尔和阿格拉鼎足而立,形成完美的金三角,德里到斋浦尔二百六十公里,斋浦尔到阿格拉二百六十公里,阿格拉到德里二百四十公里。如果走遍三座城市,恰如在一幅打开的宽展的历史画卷里畅游,印度数百年的风雨和辉煌尽收眼底。

现在的斋浦尔是印度拉贾斯坦邦的首府,历史上则是众多王朝的聚集之地,由于地处拉贾斯坦沙漠边缘,因而又号称沙漠之都。几百年里,这块土地上更迭过数不清的土邦,十七世纪的一位杰出土邦主萨瓦伊·杰伊·辛格,可谓文武双全,智慧非凡,历经数载建筑了这座整齐方正而且昭示着平等与尊严的美丽城市。为求与众不同,杰伊·辛格下令实行色彩控制,把全城的房屋涂成粉红色,并且要求建筑物必须用浅砂岩建造。也有的说,一八七六年统治斋浦尔的辛格王公二世为欢迎英国威尔士王子(爱德华七世)到访,事先打听到王子喜欢粉红色,下令将全城房屋漆成粉红色,成就了斋浦尔独特而充满诗意的粉红之城(Pink City)名号,也有人称玫瑰城。

时至今日,斋浦尔依旧坚守着智者的远见卓识,三次大规模的扩建和搬迁后,古城巍然,旧城泰然,新城卓然,宛若人间奇迹,沉淀给历史一座古斋浦尔、旧斋浦尔和新斋浦尔共生同荣的宝城。

我们下榻的宾馆位于南端的新城,楼房错落,绿树成荫,街道宽敞,视野清爽,充满时尚氛围和格调。从这里往北走,仿如穿越时空隧道,倏忽间便从现代走到过去,走进古色古香的历史。

清晨的斋浦尔笼罩在浓稠的雾气里,犹如守护神故意布施的轻纱,诱引急迫的好奇心一层层地揭开或透视,探访沉积已久且魅力无穷的神秘。旅行车越过一道简陋的铁路,朦胧中前方呈现一堵粉红色的城墙。进得大门,人仿佛突然撞入粉红色的幻景里,浓烈的粉红被雾气一修饰,汹涌得朦胧,张狂得虚飘,虽然铺天盖地,但养眼润神。墙是粉红的,窗是粉红的,穹顶是粉红的,甚至临街的摊位也是粉红的,无处不有的粉红把大地熏染了,把天空羞晕了,仿佛走在其中的每一个人都被隽雅的粉红润泽得欢快兴奋。

沿街多是商铺,繁杂而脏乱。许多在中国大城市零星存在近乎式微的手工业,在这里比比皆是,铁匠铺、修鞋店、染坊、雕刻、箍桶、制陶、金银首饰、镶嵌工艺……五花八门应有尽有。人行道几乎被摊位和随意摆放的物品占据,狭窄的街道拥塞着车辆和行人,看不出秩序,自由得如同闲庭信步。一些墙体的粉红颜色斑驳脱落,屋顶被风雨浇沥得绿苔点点黑霉片片,岁月流痕滞积的沧桑如老人布满褶皱的面庞,每一个角落都蓄存

第六辑

众神共享的国度

着故事。

　　阿夫道指了指鳞栉的商铺说,这座玫瑰城池里的所有房产都属于现在还在世的斋浦尔最后一任王公,他曾在印度军方任职,如今仍居住在城市中心的皇宫里。

　　这就是著名的城市皇宫,被称作城堡中的城堡。早年,他的祖先萨瓦伊·杰伊·辛格建造城池时,将城市皇宫安放在城池中央。外围的粉红之城以九大星象布局,开辟的九座城门北三南四东西各一,南北城门分别以伊斯兰教的天文星座命名,东西城门则以太阳和月亮为名。城中央的城市皇宫设置了八个城门,不仅进出方便,更说明规模庞大。庞大的宫殿群用红黄两色分隔。黄色的属伊斯兰风格,称月亮宫殿,最后一任王公的后裔依然住在里面。红色的为印度风格,称太阳宫殿,也有人称为玫瑰宫,一部分改建成了博物馆,收藏着历代王公使用的精美用品和珍宝,分为军事收藏馆和皇家用品馆。

　　旅行车刚停在宫殿外一处混乱的广场,兜售小商品的走贩一哄而上围拢过来,不停地变换着物品搋到车门前,堵得人不敢下车。阿夫道说,最好不要理他们,而且要十分小心自己的腰包,很多小贩以卖东西为名行偷窃之实,经常使游客防不胜防。左冲右突,终于从小贩的围堵中突围。过一道高大的尖顶拱形门楼,进入一瓮城式的场院,回头却被刚过的门楼吸引,转身回去。门楼如中国旧式城墙下的过道,但构造更加讲究。整体用白色大理石垒筑,墙面装饰伊斯兰风格的花纹,两边配设修饰性的门窗,也是彩纹饰面,门墙正中绘有人像。门洞下两侧各有房舍,如中国单位门口的传达室或值班室。穹顶也饰有花纹,墙体涂染成黄色,尤其是厚重的大门,外层包铁,网状的尖利铁钉,陡增城门万分威严。

　　过场院是座小门,拐过两道弯,太阳宫殿呈在眼前。依旧有高大的宫墙,依旧有威严的宫门,均涂红色。墙体上排列两层用白线描画的窗户,仿如西藏佛教寺庙上的盲窗,形象得足能以假乱真。进宫门豁然开朗,方形的院中坐落一幢敞开式的建筑,精致华美的立柱将建筑分割得如一个个弓廊。地面铺设大理石,嵌有彩色线条图案,光亮如明镜。廊顶悬挂欧式吊灯,气派雍容。阿夫道说,这里是当年王公召集群臣议事的地方。四边围以三至四层的红色建筑,或干脆是高耸的红墙,建筑上凸出的窗台及装饰异常讲究,雕花和配色尽乎巧夺天工。

　　站在院内东望,一座黄色墙体红色栏杆的建筑傲然屹立,近在咫尺但建筑风格迥异。建筑之上,印度国旗竖在低一层的建筑物边沿,而一幅三角形黄旗则迎风飘展在建筑物最高层正中间的旗杆上。阿夫道指了指说,那就是斋浦尔马哈拉加王族后裔居住的楼房,如果最上边最中间的三角旗在,预示着王公在家,如果他下楼,游客会幸运地与他相见。我们没时间等着见他,而是直奔他的祖先约集大臣开会的宫殿。门口一排五名胡子警卫,三位黑裤军绿上衣蓝色巾帽,两位白裙红色上衣白色巾帽,引得同伴们纷纷站过去合影留念。宫殿里不准照相,富丽堂皇的大厅依照旧样摆设,四周墙上装挂有历代国王英武的画像及他们丰功伟绩的介绍。

众神共享的国度

印度人的名字长,走出宫殿,刚看的历史全都留在了身后。

这座宫殿看不到真实的外观,仿佛是从墙体过一道门后钻进去的,它的辉煌完全体现在内部装饰和摆设的奢华上。这时我才注意到,宫墙内的座座建筑,要么被实实的墙体封裹,要么是穿廊式的敞开空间,很少看到开合式的真正意义上的房门。阿夫道适时解说道,过去印度人没有门的概念,上至国王下至普通百姓,房子自古不设门。直到英国人殖民印度,才普及了门的理念。

独特的建筑艺术和民俗文化被入侵者异化,是文明的进步还是式微,激荡在血液里的喜与忧早已淡化在了日常琐碎的生活里。

向西又是一个宫门,依旧尖顶拱形,但白色大理石的材质饰以精美的雕刻,犹如象牙般雅致,尤其两侧伊斯兰风格的穿廊和阳台,更衬托得整座门楼华贵典雅。进院更是眼前一亮,所有的建筑突然换装成冰洁的白色,好像都用白色大理石构造。场院中央端坐着敦实的方形白色宫殿,惊艳的石雕点缀在建筑物的里里外外上上下下,整座建筑成了石雕艺术的博物馆和古迹遗存,令人啧啧盛赞,流连忘返。宫殿里陈列着历代王族服饰,一件龙袍据说是清朝乾隆皇帝所赠。不给拍照,看得人不停咋舌,只觉好,可以想象当年王族生活的极度奢华。阿夫道不失时机地借物喻事,添油加醋地描述旧时王室生活的荒淫,引得同伴一阵大笑。

走出太阳宫殿,一阵木笛声引人驻足,大门拐角处一位肤色棕黑戴黄头巾的中年人铺毯而坐,面前竹篮里眼镜蛇举头傲立闻笛起舞,不禁令人想起印度电影里的场景。同伴们来了兴致,顾不得眼镜蛇的威胁,过去与玩蛇人并肩而坐,手持竹笛装模作样,留下了印度之行里刺激不惊险的滑稽镜头。

太阳宫殿不远处有个古天文台,也是老王公杰伊·辛格建造的。花园式的环境,讲究的建筑布局,众多类型的日晷,传说规模、精密度、实用性、操作简易性都远超北京故宫里的日晷和建国门旁的古观象台。然而阿夫道一点不觉得稀奇,提起时轻描淡写,就像说他家客厅里悬挂着闹钟一样,习以为常得已不在意,但我们却因此错过了不少值得一去的景点,比如老虎堡,比如比得拉庙。

街上行人熙攘,商店大都已开门迎客,比刚才乱了许多。粉红色的建筑和琳琅的七彩商品把古色古香的旧城修饰得活力无边,仿佛所有的建筑都有独具的特色,都昭示着一段连绵的历史。行走间,旅行车慢了下来,阿夫道指了指左边说,这座就是斋浦尔的标志性建筑,著名的风之宫殿。

就像一面墙,又如粉红色的山丘,共五层,一至四层上下对称齐整,第五层从两边向中间聚拢升高,耸向云空。实际上它就是一面墙,丝毫不是完整意义上的宫殿。没有房间,却开辟了满墙镶嵌精美雕刻的窗户,而且大部分窗户都突出于墙外,犹如半悬的阳台,最底一层的窗户是装饰性的盲窗。粗略统计,共有大大小小的窗口九百五十三个。独特的设计必有独特的用处。一问便知,原来风之宫是庞大的斋浦尔王宫的重要组成部分,专为禁锢在深宫的嫔妃舒缓寂寞、窥视市井繁华而修建的。

王公的巧妙用心可谓良苦,驾驭宫妃的心计可谓独到,不知如此善解人意的取悦伎俩,是否赢得了宫妃渴求宠幸的芳心。

一堵墙,有窗户的墙,却比四闭的城池还禁锢自由,它是半开放的牢笼。不像单薄的遮羞布,而是一道立于街边的华丽又坚固的屏风,特别是小巧精美的悬窗设计,再多的嫔妃站在宫墙内俯瞰繁华的街景或庆典,也不会被街上的路人睹去玉姿芳容。墙外行人,墙里佳人笑。不知勾起过多少路人窥视的欲望。而且,悬窗既能观景,又可通风,尤其是炎炎夏日,不管站在哪个方位,凉风都能把人吹拂得身心惬意。若遇狂风,只要开启所有窗户,风会穿窗而过,不致将宫殿吹倒。据说名叫风之宫殿,即有屹立不倒的含意。皓月之夜,镂空得犹如蜂巢的窗户享受着月光的恩爱,激动得整座宫墙闪着光,恰如天上宫阙降临凡间。不知当年的嫔妃有没有夜登风宫的自由,她们的境况是否也像月宫的嫦娥那般凄清。

城里人想出来,城外人想进去。不仅婚姻,许多社会元素都有围城现象,但终究白云千载空悠悠,留于后人感叹。透过密麻的窗户,仿佛仍能感受到当年嫔妃们窥视街景之后的心情。再豪华的建筑,掩藏在里面的生活,或许都不会被崇尚自由的现代人羡慕。

风之宫成了斋浦尔的城市名片,或许也引领了建筑风尚。环顾周边,好像整条街甚至整个斋浦尔都布满了密集的窗口。古旧的、时尚的、木质的、金属的、四方的、长方的、菱形的、尖圆的……各式各样,每一个窗口都通透着独特气质和审美情趣,也隐藏了无数神秘,引人好奇和神往,仿如古老印度的缩影,滋生风靡世界的魅力。

雾气模糊了视野,似乎路边的树木都裹了一层轻薄的白纱。过一路口,环形的路中央矗立一座宫殿式的建筑,周围以铁栏圈住,墙体显得苍黄破旧,高五层,由两边向中间依次升高,四角和顶部筑有五座白色穹楼,伊斯兰风格,显然已没人居住或使用,里面有什么,外观看不出,但破旧的模样似是废弃了一般。建筑物周遭,乌鸦和鸽子成群飞翔,楼体上也落满密密麻麻的飞禽,仿佛整座建筑成了硕大的鸟窝,成了鸟儿们生活栖息的天堂。后来听阿夫道说,这也是史上的一座宫殿,英国统治时期曾改成俱乐部式会所,如今确实近乎荒弃了。

去往琥珀城堡的路上,与一个平阔的湖泊擦肩而过,淼漫的湖面上竟也筑有一座城堡,在晨雾里更显奇特而引人感叹。城堡建于十六世纪,是拉贾斯坦王公的避暑宫殿。本来此处并无湖,王公动用了大量人力平地开凿,平民的血汗流淌成王公享受的乐园。宫殿已荒废多年,但透过朦胧的雾气望去,仍不失往日的华丽和壮观。可以想象,当年王公携同王妃宫女乘船前去消暑度假,是何等气派和华贵。不羡王公不羡仙。如今,荒废的水上宫殿已被当地一位商人买下,正加紧改建为水上宾馆,再过些时日,去斋浦尔游览时,便可选择入住,感觉一下旧时王公王妃的水上生活。

翻过一座不太高的山,远山模糊在雾气里,分不清事物,等旅行车停下时,才隐约看到左边的山上端立一座巍峨的城堡。这就是著名的琥珀堡,十六世纪时的斋浦尔王宫。名称的由来一说因山名而得,古堡就建在琥珀山上;一说缘于古堡的建筑材质。因为由奶白、浅黄、玫瑰红及纯白等几种石料建成的古堡,远观酷似美艳的琥珀。

山不高,雾气中的古堡着一身淡雅的米黄色,规模宏大,气势不凡,身躯宏壮,气势雄尊。古堡下的护城河已干枯,河床在秋日的光影里尽显苍凉。山坡上,有零散的树丛灌木,给古堡添了几许生机。一条类似中国长城的垛墙蜿蜒在山脊上,石板铺设的盘山道弯曲成"之"字形伸进古堡。

进古堡有三种方式:骑大象、乘吉普车、步行。当年的古堡主人喜欢骑大象上下进出,象蹄踏过,一路尘土,气势威武,不可一世。如今,游客们也能享受一下当年王公的仪威。去往古堡的山道上,乘载游客的大象成群结队,健硕的大象身披红毯,上置宽大的座椅,左右可各坐两人。大象的鼻耳等处描画彩纹,陡然增添几许神性,犹如依然驮着高贵的王公迈着缓慢的步子,一路弥漫着古典的气息。坐在上面的游客动作夸张神情紧张,丝毫没有当年王公的威仪。

阿夫道为我们选择了吉普车。司机是一位肤色棕黑的中年男人,方向盘在他手里如同玩具,挑逗得吉普车轰响惊叫,直冲横撞在狭窄脏乱的巷道里和颠簸不平的山路上,如入无人之境。胆小的同伴不时惊叫,悚汗淋漓,别说观景,收紧的身体时刻左碰右撞在车厢的铁皮上,肉体受刑精神受虐,痛苦得只想骂人,而司机却畅意地哈哈大笑,似乎制造惊恐是他最大的幸福。

临近古堡,下车步行,心才安稳。一个上坡,坡度不算陡,暗红的方石铺路,"之"形环上。越过门楼,眼前豁然,宽大的广场,四周围墙和两三层的楼房。广场以青灰色的条石铺地,但比上山的石板路铺设得平整。广场四周与建筑物临近处有零落的几株绿树,最大的一棵,树龄也不过几十年,显然不是古时的遗留。一群鸽子在广场一角觅食,载客的大象则在

另一边将游客卸下,古老的广场里顿时升腾起和谐的气氛。

沿西北角的扇形石级攀上,又是一处小型的场院,三面建筑,中间是一座跟城市宫殿里太阳宫殿中的议事厅相似的、由数十个造型别致的立柱支撑的敞开式建筑,即便是作为基座的地板,各式雕花也异常讲究。场院朝东的一方是敞开的,站过去,可以俯视下层广场的一切。

继续上行,再攀一层,过一座门洞,又是一处宽大的场院,四周建筑紧紧围绕。在正南方的一座大理石构筑的宫殿前,阿夫道作了专门解说。这是琥珀堡内最有特色的建筑。殿内镂花雕彩,内壁用拇指大小的水银镜片镶嵌而成,被称为万镜之宫。这是旧时王公的冬宫。当年,王公喜欢看着星星睡觉,于是便在宫殿内嵌满镜子和宝石。到晚上,只要点燃蜡烛,经万镜反射,就出现满天星辉熠熠璀璨的景象,就榻懒卧,犹如身处星际银河,如梦如幻。

建筑物繁多、结构复杂的古堡很容易令人迷失方向。忽有一隐蔽小门,探身进去,迎面一窗户,外临深壑。俯瞰护城河,一石砌的高台花圃,缤纷的花草被条状的步道分隔,一派祥和。退身出来,随意徜徉,满目皆是穹顶的亭子,镂空雕刻的石材,拱顶结构的建筑,几何图形的细格子窗棂,还有天然植物染色的天顶,鲜艳夺目的墙壁彩绘,甚至用整块巨石凿成雕花镂空的石墙,无不大气浑成,美轮美奂。

冬宫看了,夏宫也看了,还有令人感觉十分有趣的御居。这是中国后宫式的居所,可整座建筑颇有讲究,透出统治江山的君侯们挖空心思对女人的驾驭欲望。御宫地面一层分隔成十二所房子,各住一位王妃。有十二道独立的楼梯通往各王妃的房间,居室中间由墙壁分隔,不能互通,无法知道王公会到哪一位妃子的房间。如果发生争风吃醋,王妃们必须得到中央的广场上对骂,而王公站在二楼阳台一目了然,一切尽在掌握之中。

依山而建,层层叠叠的壮观古堡,巧妙地融合着印度教、波斯教和伊斯兰教的建筑风格,其繁盛精美,令人叹为观止。去过北京的故宫,恢宏大气,尽显皇家气派,而琥珀堡胜在精致,细节的精致和讲究。比如镜宫,精美和奢华,即便慈禧太后的寝宫也望尘莫及。

出来了,忍不住回头驻足,恋恋不愿匆匆离去。薄雾中,隐约看到上方的山上也有古堡。阿夫道说,那是另一座古堡老虎堡,如今没有对外开放。因为上面有当时世界上最长的大炮,并筑有坚固的军事防御设施,曾一次次地抵御外来侵略,而被称为胜利之堡。在斋浦尔,这样的古堡还有,毕竟,作为印度历史上的古都,斋浦尔的光荣长达六个世纪之久。

下到平地再回头,更觉琥珀堡雄姿巍峨。不知当年王公们把城堡建在山顶上,是否有令人仰慕进而被震慑以至畏怯威权的用意。遍观世界各地的古堡,大都建在高处,庄严耸峻,让人肃然心荡。不错,择高筑堡的最初想法可能基于安全考虑,居高临下,一夫当关万夫莫开,不必布设大量守卫即可高枕无忧,但我一直疑惑那么高的城堡用水如何解决,一旦遇到非常局面,即使不被攻克,也会被困死。或许,正是水的缺乏,逼迫后来的斋浦尔王公择平地筑起了玫瑰之城。

别了,拥有深厚历史底蕴的斋浦尔,充满神秘色彩的斋浦尔,愿你的将来依然如过去一样辉煌。

老德里和印度庙

一直的印象里,或者更确切地说,积累至今的知识里,印度的首都名叫新德里,但曾经琢磨,凡事有新必有旧,因而应该有个旧德里,而且两个

德里的渊源应该相近,也不会相距得太远。这次亲临,才体验到近在咫尺的两个地方有如此大的差异。

老德里位于新德里之北,早在公元前五千年左右已有城镇雏形,悠悠历史风雨里见证了多个朝代的成败兴衰,几乎每个朝代都留下了宏伟的建筑。十七世纪,莫卧儿王朝的第五代皇帝沙·贾汗将王国首都由阿格拉迁至德里。十九世纪中叶,英国殖民统治者再次改变了德里的历史。起初,殖民统治者建都于加尔各答,一九一一年正式迁都德里,并更名为新德里。一九四七年印度独立后,继续沿用新德里的名字。不过,印度人更习惯称德里。

犹如两个贫富悬殊的邻居,新旧德里的差异令人唏嘘。仅直观而言,旧德里街道狭窄,二三层的残旧建筑仿若重新起用的古老废墟,牛车、单车、三轮电车、人力三轮车充斥横街窄巷。相反,新德里街道宽阔,车流通畅,楼房崭新,绿树浓郁,一派现代与自然完美融合的宜人景色。

我们下榻的宾馆位于新德里,但伙伴们似乎疲怨了千篇一律的现代街衢,一致想去体验一下旧德里的古朴风情,于是去了德里批发市场。

旅行车七拐八弯,在一处林木疏朗的林地边停下。阿夫道说,那边就是旧德里了,车子必须停在这里,前面禁止大车通行,余下的路只能乘坐当地的人力三轮车前行。但我揣测,并不是不允许旅行车继续前行,肯定是前方的路越来越狭窄,人群越来越拥挤,旅行车无法进入。其后的状况证实了我的揣测。

路边的树荫下相对整齐地停放着一长排人力三轮车,见此景,不由令人想起北京后海附近的老胡同口,那里的路边也能见到类似的景象。只是,北京的三轮车要相对讲究一些,质量要高一档次。但德里的三轮车颇有独到的特色,比如座位边缘修饰有民族特色的图案,而且座位和靠背几乎都染成红色。

阿夫道负责谈好价钱,我们两人一组占据了五辆三轮车。

感觉是别样的兴奋。

几乎在车流和人群中肆无忌惮地穿行，各种车辆混杂在一起，你拥我挤，几近擦肩而过，而且速度极快。走在这样的街景里，你无法不佩服印度人高超的驾驶技术、灵活的手脚以及机智的大脑。废气和灰尘是可想而知的，掩鼻几乎没用，除非就此不再呼吸。走在旧德里的马路上，每个人都要学会承受，承受污染的空气、摩肩的人流和混乱的交通。

车流中，同伴们则感到很亢奋。异国的最底层社会的风情，自己有幸成了体验者，禁不住举相机互相留念。

拐过一个十字路口，右前方铁栅栏围起的阔大的绿地和恢宏的红色城堡惹人注目。不难猜测，应该是德里的红堡。在阿格拉红堡游览时已知，当年莫卧儿王朝的第五代皇帝沙·贾汗因爱妻泰姬玛哈逝世，在故都阿格拉处处触景伤情而迁都德里后，仿造著名的阿格拉红堡历时十年于一六四七年建成，成为印度最大的王宫。仿如从天庭遗落，又如人类智慧的庄稼，风风雨雨里茁壮、延续、苍老，像一位老人见证着流逝的传统和历史。

德里红堡用赭红砂石建成，呈不规则八角形，四周环以厚墙，外绕护城河。堡内所有宫殿都用大理石或其他名贵石料砌成，殿间壁柱饰以花卉人物浮雕，镂空的大理石窗棂上各色宝石夺目。堡内最豪华的全部用纯白色大理石建造的枢密宫，素有"人间天堂"之称，当年王位座椅上方由沙·贾汗下令雕刻的波斯文诗句"如果说天上有天堂，天堂就在这里"，至今清晰闪耀。这座紧临亚穆纳河呈现典型伊斯兰风格的古堡成为享誉世界的德里名胜。

然而，与它曾经的辉煌和如今仍旧非凡的气势相比，周遭的脏乱环境损耗了红堡的光环。铁栅栏里的绿地把人诱惑得直想扑过去躺下来享受，而一墙之隔的路边则是垃圾遍地，令人避之唯恐不及。不时看到乞丐懒坐或闲卧路边，或单或群，半裸的脏身和破烂的脏衣，面目神情或自在或无助。阿夫道指着一群衣衫褴褛的妇女孩子对我们说，她们都是专门以

第六辑

众神共享的国度

乞讨为生的，而且被人操控着（的确看到边上站着两个男人），告诫不要轻易向她们施舍，一则可能被无休止地纠缠，安全没保障；二则印度社会对这种现象和人群也不大同情，认为他们应该自食其力，不该只会伸手，致使不仅形成了一个不雅的社群，更使一部分人养成懒惰的性情。

红堡已在身后，街道开始变窄，人流更加拥挤。三轮车夫不停地用印度语咋呼着，在密实的人群中喊出一条道。沿途的建筑低矮破残，檐棚杂乱不堪，电线密如蛛网，商品摆挂无章。汽车、电动车、三轮车、牛车、自行车、板车，你拥我挤；行人、牛、车，相安无事。各色人等，干什么的都有；各种商品，几乎应有尽有。无拘无束的神牛穿行在人群中，悠然自在。偶尔，一堆刚卖完蔬菜遗留的烂菜叶，便成为神牛可口的美餐。

买的人匆忙，卖的人悠闲，但无论买卖，剩余的垃圾都是随手丢弃，无论是道路边上还是道路中间，皆被人踩车辗的垃圾侵占。抬头是雾蒙的天，平视是斑彩的人，低头是不忍踏脚的垃圾。批发市场就设在这样拥挤不堪垃圾遍地的街市里。越往里走，路越狭窄，几乎变成巷道，欲经过必须收腹挤进，想不与人亲密接触都难。女士们被趁机侵犯，似乎介于有意识无意识中，即便惊叫也没啥大惊小怪。既然走进这样的环境里，只能无奈地忍受，唯一的解脱之法是撤离。市场里的生意红火得很。谈价的，付

款的,起货的,细看去秩序井然。我们一行人艰难地穿行于人群中,察看来自中国商品的销售情况,或与店家聊上一会儿。中国生产的日用消费品充斥德里批发市场,物美价廉的优势颇受印度人的青睐。

左拐右弯,不知穿过多少巷道,如步入迷宫,完全失去方向,而憋闷的空气更令人痛苦,难以想象酷热的夏天这里会是怎样的一番难忍景况。只好原道返回,但即便到了稍宽的街道,呼吸仍然保持低频,哪怕一口大气,似乎都会导致矽肺。行了,再走下去大致相似,逃离应该是最佳的路径。租用的五辆三轮仍然称职地守候在路口。然而,上车后近乎寸步难行,水泄不通的街面成了互相观赏的游园。急不得,除非插翅高飞。停,启动;启动,又停,一寸寸地朝前移。从三轮车上站起前望,人头车顶如起伏的波浪,浓稠稠密麻麻的没有空隙没有尽头,尽头在望不到的地方。

卖小食的走贩安稳如泰山,不时撕一页废旧杂志包裹起油炸的面果递给也不急不躁慢慢朝前移动的路人,路人边等边吃边走,杂志的墨油和面果的黄油染得嘴巴明晃晃的,惹得人不得不皱眉头,但人家舔一舔嘴唇,油亮的黑墨顿时成了营养物,你即便恶心也无济于事。

路边的一家面食小作坊里正忙得红火,半米高的台面几乎占据整个小店,三名肤色黝黑的男工赤脚蹲在台面上,面前一盆白面,手持可手的工具,笑容灿烂地调制面食。手被白面染了,脚也被白面染了,乍看去,仿佛手脚并用地赶制着精美可口的面食。朝他们望一眼,对方回以笑,举手招呼,但再热情也激不起购买欲望。闭一闭眼,念叨着中国的两句俗语"眼不见心静","不干不净吃了没病",可是面对现实,哪能让胃口开启?

唉,不说也罢。

学生们放学了。天真可爱的脸,见我们这群黄皮肤的外国人无不好奇,时而给个鬼脸。校车也是三轮,比我们坐的大不了多少,只是多了个全封闭的车厢,后面开门,行走中上了锁,里面密密麻麻的,如街道上的人群般拥挤。跟着校车行走着的学生,调皮的便攀上三轮,双手紧抓网状的铁窗,

一只脚踩踏在最低的底座上,好在三轮几乎没有车速,显不出多少危险。

边走边看,五味俱尝,历经千辛万苦,终于走出旧城中的市场。

真是艰苦的旅程,穿行于旧建筑和稠密人群的旅行,铭记一生的本初生活的影像。

我不知道堵塞了多长时间,在那里根本没有看手表的欲望,唯一的心思就是尽快从嘈杂拥堵的环境里突围出去。一直到旅行车行驶到新德里郁葱茏而宽敞的街道上,憋闷的心胸才长长地舒展开来。

新德里宽阔的街道上几乎看不到建筑,车流完全在茂密的森林中穿行,而现代特色的建筑物尽数掩映在苍绿的树林中。这是一座人与自然和谐相处的新城。更令人惊诧的是,城市中心至今存留着一处原始森林。从川流不息的街道边望去,古木耸天,藤蔓挂枝,矮灌遮地,繁密森然。我不知道里面有多少动植物,但纯自然状态下的生存环境为它们提供了怡然的天堂。被人群包围,被现代文明裹挟,居然生存至今,该是我们这些曾想改天换地的中国游客注目沉思的。

新旧德里,自然与文明,原初与现代,人类该追求哪一种,两者的和谐统一为什么不能在同一块大地上同放光彩?

午饭后的时间不早不晚不长不短,阿夫道提议去看德里比较有代表性的印度庙。

被称作拉克布米·纳拉因庙(又名比尔拉·曼地尔庙)的印度教庙宇位于新德里康诺特广场西侧,庙前的街道林荫浓烈,整座建筑外观呈鲜艳的粉红饰以淡黄,三座并立的四方形塔巍峨壮观,塔底配以雕工细致的石栏,前院地面铺以白色大理石。庙的周围都是民居,没有围墙但有庙门,庙的外围等于用建筑护佑,民居都映照在神像的光芒里。

进庙必须脱鞋。不允许照相。恭敬地慢行。正殿门顶悬一铁铃铛,前头的人跳起触碰,发出清脆的铃声,随后的人一一效仿,个矮的蹦跳数次都功亏一篑,引来阵阵笑声,肃穆的神殿顿觉有了点喧闹。但不知是何寓意,应该与中国的乞求好运类似吧!

正殿正中是拉克希米(女财神)和纳拉因(护卫神)塑像,左侧湿婆神,右侧杜尔加(女力量神),均用白色大理石雕成,高如人体,面部装点彩色,表情自然逼真。当地虔诚的教徒匍匐膜拜,我们则双手合十致礼。祭司洒赐圣水,教徒领受恩果,祈求诸事如意,吉祥平安。

正殿的左边是格达宫,供奉毗湿努神,墙面绘满了印度教壁画;右边是佛陀庙,供奉释迦牟尼像,墙上刻写了佛陀生平和劝世信佛的故事。引人关注的,正殿东南方的一座宝顶内,供奉的是一座形具神生的猴子像,犹如中国古典名著《西游记》中的孙悟空。注目良久,浮想不已。周边的游廊墙壁上,也是精彩的弘扬印度教义的壁画,令人顿生艺术源于宗教的幻觉。没有人说得出雕绘这些神像和壁画工匠的名字,他们是伟大宗教艺术的匿名者,宗教提倡的对神的奉献在他们身上得到了最好的验证。

作为祭祀神灵的场所,印度教的寺庙并不像基督教或伊斯兰教那样有统一的仪式,而是随时接受信徒的朝拜与捐赠,只要虔诚,祈祷也不拘泥于仪式,家中简陋的祭坛一样接受和倾听诚朴的心声。因而,印度教的开放性和习俗化,使得它不仅仅是一种宗教,更成为实实在在的普世文化和生活方式,融合在信徒的血液里,日常而笃定。

两个小孩从游廊的尽头缓缓走来,把人恍惚得不能确定是不是从壁画上走出来的。我盯着他们看,他们盯着壁画看,都看得执着,我看不出内含的真实,他们或许能看出真实的内涵。宗教是无声的教师。一个少年,只要常在寺庙走走,看看精美的壁画,看看庄严的祭祀,听听悠扬的梵音,听听虔诚的祈祷,他都会潜移默化而明悟人生。

走出庙门,仿佛重新走进凡世。身后的庙宇,被渐渐闭合的暮色,关进了时间里面。

一群小贩围上来前堵后跟兜售粗陋的神像,我瞄了一眼,心思仍回味在对宗教的沉思和探究中。

甘地，诸神和睦

　　到印度首都，不能不看印度门，总统府可以一带而过，但一定要看被印度人尊为国父的圣雄甘地纪念物，这些都是印度的标志，印度的象征，印度的骄傲。

　　印度门和总统府一东一西，遥遥相应，隆重豪迈地端坐在新德里拉杰巴特大街上，点缀出新德里城市的宏阔气魄。

　　宽展的绿地，茂密的树林远远护围，印度门昂然矗立在中央，高傲恢宏，气势庄严，逼人肃然起敬。不少人把印度门跟法国巴黎的凯旋门类比，外观上确实很像，但内含的深意却有不同。作为统治者炫耀功绩和纪念战争胜利的标志，凯旋门一类的建筑最早出现于古罗马，后来为欧洲众多国家效仿，巴黎凯旋门是欧洲一百多个凯旋门中规模最大的。不管拿破仑出于纪念奥斯特利茨战争胜利而筑建，还是后来为纪念第一次世界大战增建无名烈士墓，巴黎凯旋门都彰显着民族自豪感弘扬着不屈不挠的民族精神。与此相比，虽然印度门的筑建也是为纪念战争胜利，但它纪念的是第一次世界大战中英国和印度阵亡的将士，主导者是英国殖民者。作为被统治被奴役被支使的对象，印度战士的牺牲是为主人的荣耀和胜利，并非出于民族自决，民族压迫的屈辱隐隐地刻写在了印度门苍黄坚硬的石壁上，是的，挥之不去的民族屈辱。历史无法更改，屈辱要么摧毁，要么易质。印度独立后，在门洞下的正中位置重塑了黑色大理石材质的无名战士纪念碑,尽管纪念碑很小,但整座印度门的性质也一起转换成印度战士纪念碑。

阔大的园林通透敞亮,欢快的鸟鸣清脆嘹亮,踏足而行心胸舒畅,而巍然的印度门却衍生威肃的压迫。它是一座威严的建筑,更是印度近代历史的缩影,所以更沉重。

整座建筑由条块状的红砂石垒砌而成,高四十八点七米,宽二十一点三米。拱门高四十二米,上端雕刻"印度"英文字母和修建年代（一九二一）,两壁镌刻了第一次世界大战中阵亡的一点三万名将士名字,顶端置放一个直径三点五米的大油灯,每逢节日便燃起火焰。门廊下的黑色大理石纪念碑上树立一支步枪,顶端挂士兵头盔,侧壁刻写着印度文的"不朽士兵"描金字。四周用铁环链条护围,游人只能近观,不准入内。印度陆海空三军士兵日夜站守,三军旗帜在立于拱门东侧的旗杆上猎猎招展,拱门下正中的圣火则日夜燃烧,如不朽的生命不息。

游人接踵,商贩云集,欢快热闹的氛围包裹着庄严肃然的建筑,鲜明的反差显得活着的人未免轻浮。基本上都是印度人,他们把这片绿草葱葱树林密密的场所当作了休闲地,开放式的格局更应合了自由的心境和脚步。对比拥挤脏乱的旧德里,无法相信这般优美的园林式环境会共存在一个城市里,而且近在咫尺,恍若突然穿越了几个世纪。

阿夫道说,这片名叫王子公园的绿地和城市地标性建筑印度门,正是新旧德里的传统分界点,北古南新,现实与理想,传统与现代,贫穷与富裕,从这一点向四周扩散和放大。站在拱门东侧西望,远远的雾气中隐约看见立着宝顶的总统府。我们乘车在总统府前的大型水景池边缓缓转了两圈,不给停车不准近观,只能在车上透过茫茫雾气张望。古雅威严的总统府和圆形庞大的议会大厦隔街对应,一个国家的架构鲜活而稳当。

总统府曾是英国殖民时代的总督府,时称维多利亚宫,建筑规模宏伟,气度不凡。这些熏染浓重殖民色彩的建筑,沉淀成厚重的历史,坚实地站在这块饱经沧桑、文明源远流长的古国大地上。

正门前的国家大道直通印度门，两边排列着众多政府机构和旧时王宫，因而，这里不仅是印度的政治心脏，也是新德里的城市精华。只有站在这里，才能切实感受到印度作为大国的气魄和形象。

车辆川流不息，路上的行人基本是值勤的警察，但宽阔的绿地上好像有市民闲坐的身影，也许是政府人员，威权与轻松在这里矛盾地融洽，而且融洽得恰到好处，刚才因被告知不能停留而谨慎的情绪随之放松下来。实际上，总统府对游人是开放的，只不过开放时间固定在每年的一月。所以，对印度国民和游客来说，总统府并不神秘。

相对而言，圣雄甘地的纪念地要冷清孤寂许多。按理说，以他在印度人心目中的崇高地位，不该被这般冷落，他非暴力不合作与殖民者斗争一生最终赢得印度民族独立与社会和谐，应该比那些敦实的建筑更令印度人骄傲，被尊为国父的他几乎成了印度现代社会的新神。名高而凄清，身贵却孤寂。也许，印度人是想让他更好地休息，他太累了，清静逸雅的环境才是他最需要的。

尊敬，已存放在心里，融汇在文化里，精神永恒，何必再去惊扰他灵魂的驻地。

如今的新德里，有两处甘地的纪念物，一是甘地陵，二是甘地纪念馆。我们去了甘地纪念馆。这里是甘地被暗杀的地方。当年，面对刚刚独立后的宗教冲突和社会动乱，他四处奔波拯救国家。在加尔各答通过绝食平息宗教仇杀后，准备前往局势最乱的旁遮普省，但首都突发的宗教暴力滞留了他的脚步，于是借住在朋友比尔拉家，继续通过绝食向政府施压、向宗教极端势力施压，用他的非暴力主义和博爱思想谋求各宗教兄弟般的和睦相处，最后的胜利给垂暮之年的他注入无限活力，但却也是他人生的最后时光。

浓荫蔽日，整条街道车少人稀，静谧幽雅。进门左侧一幢两层白色小楼，呈工字形结构，里面布置甘地生平实物和图片。楼间的空地雕塑大型甘地全身纺棉坐式铜像，亲切而仁慈，犹如庄敬的神龛。一条红砂石块铺就的便道，之上塑有甘地最后的脚印模型。他从这里走向永恒。便道附近建有纪念廊道，内里张贴悬挂的也是生平文字和照片。在当年被暗杀的地方，建起一座四柱方亭，简洁而庄重。方亭周边是大片的绿草地，不远处一座石质展馆据说是甘地祈祷的地方，游客必须脱鞋才能踏进草地近前。叫不出名的成群小鸟安闲地游走于绿意盎然的草地上，仿佛圣雄的精魂依旧留恋于此，招引着间或中断的游客和参观的学生，他的"精神的力量"和执着的"真理之路"，无疑会影响更多更广的后来人。

甘地是因宗教信仰的主张被一名狂热的印度教极端分子纳图拉姆枪杀的，他早年追随甘地投身不合作运动，出身印度教最高贵的婆罗门，终因宗教理念不同与甘地分道扬镳。令人唏嘘的是，一生宣扬非暴力不合作思想的甘地，生命却终结在了暴力的枪口下。令人欣慰的是，他主张的不同宗教信仰在一个国家甚至在一个民族内和睦相处的理念却在印度社会扎下了根。

如今的印度，百分之八十以上的人信仰印度教，百分之十左右的人信仰伊斯兰教，百分之二左右的人分别信仰基督教和锡克教，百分之一左右的人信仰佛教，另外还有部分人信仰耆那教或者其他宗教。特别值得关注的是，他们目前的民选总统是印度教徒，副总统是伊斯兰教徒，而总理辛格则是锡克教徒。各宗教和谐共处的理念，已经在印度成了完美的现实。

精神不死，思想的光辉不会因生命的消失暗淡，主义的威力比恐怖的原子弹更令人心震撼。

一个甘地，一种思想，就让动乱的印度走向和平，纷杂的宗教趋于和睦，他真是时代的叛逆者，信仰的拯救者，宗教的布施者，人类的和平神。

我问阿夫道，是不是印度所有的民族和不同宗教的信仰者都心甘情愿地把甘地视为国父。当然。他答得干脆利落。而且，发自内心，自觉自愿，引为自豪，不像有的国家带有浓郁的官方色彩。一种朴素真实的情感，我相信他的话。

纵观印度的民族结构,比中国复杂得多,曾有人说印度堪称人种博物馆,此言一点不过分。从最早的达毗荼人,到后来从西北迁徙而至的雅利安人、波斯人、大月氏人、厌哒人等,如今多达几百个民族和部落,人口超过一千万的就有印度斯坦族、泰卢固族、马拉地族、泰米尔族、古吉拉特族、坎纳拉族、马拉雅拉姆族、奥里亚族、旁遮普族,孟加拉族等,人口最多的印度斯坦族数亿人。民族众多,语言也复杂,官方的统计是一千六百五十二种,使用人口超过一千万的十五种,官方语言是使用人口超百分之九十的印地语。

但我觉得历史演化中还更复杂,铁骑踏遍印度次大陆有着蒙古血统的莫卧儿王朝瞬间灰飞烟灭,曾经强大的族群莫名地消失了。复杂而丰富的印度文明,无数次被外来种族侵袭和统治,因而从来没有间断过热情而狂放的混血滋衍,其种族结构一直在交合与优化。

宗教则随王朝的兴亡交替盛衰,繁多的宗教在同一块土地上此起彼伏此弱彼强。一种宗教驱逐或取代另一种宗教,宣扬的慈悲宽容、天堂和

美好的来世,带给信众的却是苦难的伤痛,带给社会的则是血腥的杀戮,信仰从来都被野心、权势和利益招降。不同信仰的和睦相处,应该是人类追寻的终极理想。

我们乘车穿过市区时,曾看到一群全身裹满白布衣只露一双眼睛却赤脚的人匆匆走在街上,独特的装束仿如天外来客,又疑为参加什么演出的艺人。阿夫道说他们是一个小宗教的信徒,宗教的名字没能记住。

如今,信仰的自由与和睦的环境催生了众多的宗教,古老的旺盛着生命,新生地成长着体魄,在同一块土地上茁壮。

这些不能不归功于甘地,尽管不断遭到极端宗教人士的谩骂、恐吓、威胁,他一如既往坚守信念,最后用生命换来了人民心灵深处的醒悟。可以说,甘地的思想与行动不仅实现了信仰的自由和宗教的和睦,而且历史性地改变了印度传统的社会结构,绵延数千年的种姓制度从此动摇渐渐瓦解,一个平等自由的社会诞生。

从甘地纪念馆出来,我下意识地观察街上的每一个行人,试图从他们的衣着相貌甚至表情里分辨出种姓等级,当然徒劳而可笑。雾气消散后的街道清静明亮,阳光穿透树荫洒一地碎银,如沉淀的时光涤荡着历史尘埃。甘地的和睦与博爱思想仿佛早已融释成了清新的空气,每个人都能呼吸到,滋养身心,润泽灵魂。

几头神牛悠闲地走在街上,诱我想起清晨宾馆窗台上的惊喜。拉开窗帘,玻璃窗外栖息一只绿色的大鸟,羽尾一尺多长,扇了扇翅膀,目光淡定地四处张望。不忍惊动,端坐在床沿欣赏良久,又轻手轻脚地拿出相机。雾气浓重,玻璃模糊,镜头里的绿鸟也模糊。但模糊的雾气和模糊的玻璃也模糊了绿鸟的视觉,以至于发现不了我这个贪心的观赏者。足足半个小时,绿鸟飞进了晨雾,扑闪的翅膀把我的心荡漾得万分舒畅。

印度几日,习惯了这种人与动物的和谐相处,仿佛本来应该如此,慢慢淡化了初时的好奇与激动,渐渐酝酿起祖国也能常见此景的渴望。其

实,我观赏的心态还是中国式的,渴望又怕失望。中国的鸟雀生性怕人,城市即便有成群旋飞的鸟雀,停落时也大多远离人类。而印度恰恰相反。或许是宗教的力量,以至于人类聚居的城市也成了动物的乐园。

人与动物都能和谐聚居,人类自身更应平等共处。虽然人类社会复杂多变,犹如一块多棱宝石,每一面都有存在的道理,宗教也是一样。信仰自由成为普世价值,众神在一个国度里普度众生,该是一件福孙荫子的幸事。

即将离开新德里时,阿夫道特地带我们去参观——不,拜谒了莲花庙。莲花在印度教和佛教中被奉为神物,印度人视为国花,象征美好与纯洁,而莲花庙正是这种象征的实物标记。

酷似盛开莲花的纯白大理石庙宇坐落在树郁草茵的园林里,走过去不知不觉中地势升高,心中油然虔诚得无比纯粹。虽然庙里没有雕塑任何神像,仅是一个高大空阔的圣殿,但它内含的崇尚人类同源、世界同一的大同理念,却昭示着人类爱好和平的共同理想。

赤脚走进殿堂,顿觉心静如水,坐在白色大理石条椅上,感觉周遭仿佛隐藏潜伏着神圣的力量,恍若众多宗教的诸神正面带笑容彬彬有礼地悄声交流,共同描绘着世界大同的丽景。众神聚会的莲花庙,不再是传统意义上的宗教庙宇,它是人类精神追求的庙宇在现实生活中的物化。

转身离开时,仿佛空中传来悦耳的诵经声,身心不由一震,如受洗礼了一般,升华出奇妙的崇敬感。

我禁不住感慨起来,猛然又觉得什么感慨都有点多余。